輪椅上的
網球手

# 人物介紹

**劉聖軒　十五歲**

樂觀、活潑，一出生就發現脊椎長了一顆腫瘤，幾經波折後雖然存活了下來，但也失去了走路的能力；十歲那年偶然接觸到輪椅網球，漸漸的愛上這個運動。

**張大發　四十五歲**

知名貿易公司董事長，罹患先天小兒麻痺，從小看到太多人對他的嘲諷及冷言冷語，養成古怪、暴躁的壞脾氣。

**蘇啟仁**

曾受過陳嘉全教練的幫助，成為全國第一的選手，卻因越來越自負，時常藉機抨擊陳嘉全教練與他的隊員們，讓教練們非常受傷。

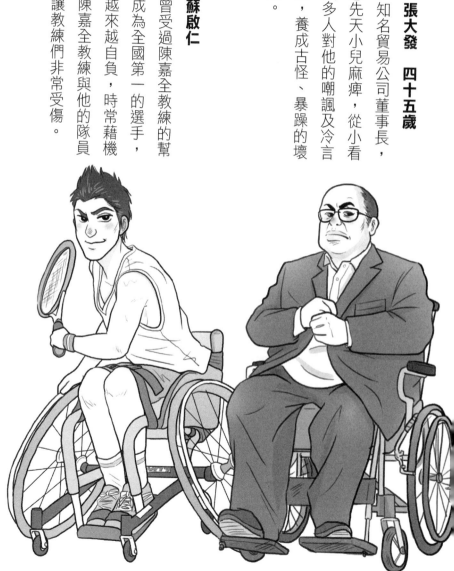

## 輪椅上的網球手

**陳嘉全　三十八歲**

因小兒麻痺失去正常的雙腿，是輪椅網球協會裡的總教練，總是以一顆善良、關懷的心對待每個球員，對輪椅網球運動的付出非常的大。

**王立雯**

陳嘉全的太太，與丈夫同心協力經營著、保護著這個團隊。

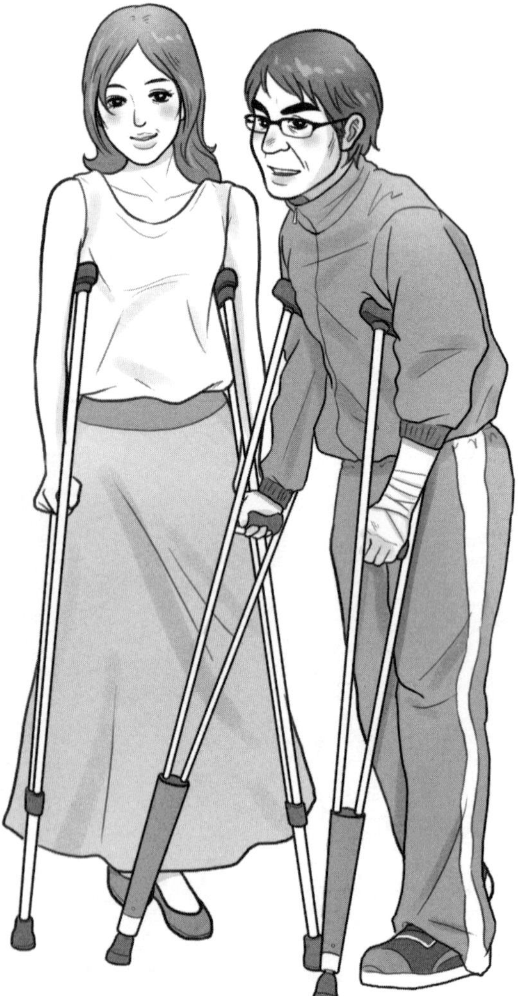

**江欣珮　二十二歲**

亮麗的活力女大學生，兩年前因車禍導致下半身癱瘓，原本自暴自棄，在接觸輪椅網球之後，逐漸找回自我。

**王嘉燦　二十六歲**

江欣珮的搭檔，年輕力壯，右手因事故被截肢，每次打球都用膠帶將球拍綑綁在手上，是許多人欽佩的對象。

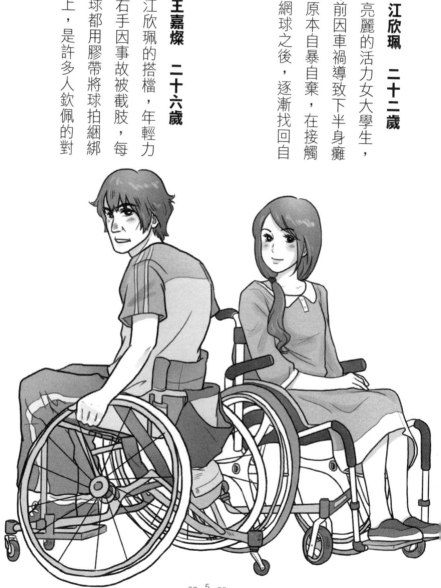

# 目次

01
碰壁

「吵死人了！全部給我滾出去！」

張大發氣急敗壞的將桌上一本本書揮到地上，面紅耳赤的樣子，就像一隻剛煮熟的大明蝦。

只見拄著枴杖，身材矮小的女子，走向那堆被張大發揮到地上的書，默默的蹲下，再一本一本的撿起來，重新放回桌上，然後說：「張老闆，您沒有必要發這麼大的脾氣吧？我們是為了您的身體著想。你看，你現在一生氣，不就又對自己的身體造成傷害了嗎？」

張大發不理會，轉過頭對著站在旁邊的祕書大聲的說：「喂！妳在旁邊看戲是嗎？」

祕書林瑋婷似乎重頭到尾都在發呆，好像早已看慣老闆這種火爆、不按牌理出牌的個性，她面無表情的看著張大發點點頭，然後走到那對貌似夫妻的男女旁邊，客氣的說：「麻煩請你們不要再來了，我們老闆說過，他不需要做任何的運動，你們三天兩頭跑來，我們真的很困擾。」

那個看起來有點「長短腳」的男子無奈的點點頭說：「林祕書，我想妳一定也知道我們在做的事情是正確的，不然妳也不會冒著被罵的風險，每次都還是安排我們與張老闆會面，總之，還是謝謝妳的幫忙。」

說完，他拉起妻子的手，兩人一同轉頭看著張大發，男子又說：「大發不好意思，讓你那麼生氣，並不是我們真正的用意，我們不會放棄的！」拋下這句話後，兩人便離開了。

張大發看著這對夫妻的背影，依舊火冒三丈的繼續辱罵：「現在是認為我被嘲笑得還不夠就是了，我壓根已經忘記走路的感覺了，坐輪椅打網球勒？你們這些人未免也太異想天開了吧！哼！」

他重重的拍了桌子，又把林瑋婷嚇了一大跳。

「以後要是再敢讓他們進到我的辦公室，妳就給我回家吃自己，聽到了沒？」張大發以惱怒的神情看著瑋婷，讓她直冒冷汗。

「是……老闆我知道……」

「砰！」

瑋婷話還來不及說完，張大發便坐上電動輪椅，打開門走出辦公室，然後重重的摔上。

「我以後再也不會上那對夫妻的當了，可惡！」瑋婷一邊喃喃自語一邊整理張大發的文件。

「是說……坐輪椅到底要怎麼打網球？」她懷疑的問自己。

＊

太陽逐漸西下，把地面上每一個人的影子都照得細細長長的。

人行道上，有兩個互相攙扶，走路一拐一拐的男女，路過的旁人只是以一點點看似同情的眼光看著他們，大約一秒鐘後，便匆匆的超前、離去。

「嘉全，這是第幾次了？」王立雯有氣無力的問。

「嗯！我想大概是第五、六次了吧！」陳嘉全尷尬的回答，每當妻子露出這種落寞、失望的樣子，是他最不知所措的時候。

王立雯拋開陳嘉全的手，自顧自的走到一旁的花圃旁坐下。

她回想起十幾年前，當她上大學第一天的情景。

「各位同學，這是立雯。」老師尷尬且制式的介紹著。

「大家好，我是王立雯，我先天肢體有些不方便，未來還希望同學們能多多照顧、指教，謝謝。」這段話，宛如背誦課文般毫不帶情感的說出來。所有人都明白，這只是一些禮貌上的問候罷了，真正會與立雯做朋友、關心她的人，其實也寥寥無幾。

立雯的大學生活，就在這種看似「和平」的狀態下展開了。

某天，當立雯正要趕課到下一間教室時，竟不小心用枴杖，戳到了理事長兒子盧孟偉的腳。

「妳這個跛腳！走路都沒在看路的嗎？」盧孟偉故意誇張的揉著腳背。

「對不起，我沒注意，你沒事吧？」立雯怯怯的問。

「妳知不知道我爸是誰，告訴妳吧跛腳，妳等著被約談吧！」盧孟偉擺出一副自視甚高、目中無人的樣子。

王立雯完全不知所措，只是一直說：「對不起，我真的不是故意的。」

而盧孟偉仍舊囂張的小題大作、虛張聲勢，就在立雯快要哭出來的時候，張大發出現了。

「夠了，阿偉！」張大發發出宏亮的聲音，制止了差點失控的場面。

「發哥，她踩到我的腳，我等一下要去掛急診了啦！」盧孟偉故作委屈的說。

「人家又不是故意的，你快給我回去上課，不然我告訴你爸你都在鬼混。」張大發語帶威脅的說。

盧孟偉心不甘情不願的回答：「好啦！」

說完，便轉頭對著坐在地上的王立雯撂下一句：「妳給我記住！」然後，頭也不回的離開了。

張大發推著輪椅滑向王立雯說：「妳沒事吧?他們這些人就是欺善怕惡，妳趕快去上課吧！」

然後，張大發就推著輪椅離開了。

事後王立雯才知道，原來張大發是盧孟偉的表哥，雖然患有先天的小兒麻痺，但天資聰穎，常被理事長請來當代課老師。

即使當初的相遇那麼短暫，但王立雯還是抱著感恩的心，從來沒有將張大發對她的幫助忘記。所以，當她開始接觸輪椅網球後，第一個想到的人，就是張大發，希望他能夠來和大家一起打球。

「我一直以為，我很懂每一個殘障者的心，畢竟我們兩個也是同樣的人，也因為某些因素，而導致沒辦法好好的走路。我以為他只是將自己的心封閉起來而已，當初那個挺身而出的張大發，一定還存在他的心裡，但或許真的不是這樣。」王立雯難過的低下頭來。

「事實證明，他好像不記得我了。」她難過的補上一句。

陳嘉全看到妻子如此沮喪，便輕輕的拍拍她的肩膀說：「妳記不記得我們是怎麼認識的？」

每當陳嘉全不知怎麼回答妻子的問題時，總是會問這個問題。

「當然記得啊！當我看見你這個『長短腳』一拐一拐的走向我時，簡直快把我嚇壞了！原來你是要把我的手帕還給我，我也是那時候才發現我們竟然是一樣的，一樣是從小就失去走路能力的人……」講到這裡，她不由得掉下眼淚來。

「好了好了！別哭了。」看到妻子這麼難過，陳嘉全趕緊將她摟入懷中，安慰著她。

王立雯回憶起與先生認識的情景，那是一場音樂會，她不聽父母的勸，堅持不坐輪椅去，硬是要拿著枴杖走。當她終於走到座位，可以坐下的時候，卻赫然發現陳嘉全一步步的朝她走來，以面目猙獰的神情看著她。

「天呀！他到底是誰？」她在心中吶喊著。

正當她想要尖叫時，卻突然發現陳嘉全的步伐，有種熟悉的感覺，又看見他手中緊握著她的手帕，她才恍然大悟。

原來，陳嘉全痛苦、可怕的神情，是為了要將手帕還給她，走路走太快而造成腳越來越不舒服。

兩個人，就這麼認識了，進而相知、相惜，一起打造輪椅網球協會，帶領著大大小小的殘障者，走出陰霾，到球場上奔放熱情的汗水，緣分總是那麼的奇妙。

「妳也不用想那麼多了，也許張老闆真的跟我們沒有緣分。」陳嘉全說得很平淡，似乎早已看開了這一切。

王立雯擦乾眼淚，拿起枴杖站起來，對丈夫說：「剛剛是誰說過不用放棄的！走吧！哭過後一切雨過天晴，明天會更好！」

結果最後變成妻子在鼓勵陳嘉全了，他笑笑的站起身，再次牽起她的手，很有默契的不再提到張大發，但心裡想的卻也都是張大發。

*

「嘩！」

冰涼的自來水從水龍頭裡快速的宣洩下來，張大發用雙手去捧，毫不猶豫的往臉上潑。

他大大的喘口氣，心想：「我好久沒有那麼生氣過了，這對男女的意志力果然驚人，我三番兩次的趕他們走，還仍舊不放棄。」

「坐輪椅打網球？」他冷笑了一聲。

「我才沒時間去做這種白費功夫的事情，一群殘廢在『正常人』面前裝得很正常？這真是諷刺啊！」對於他們口中的輪椅網球，張大發抱著懷疑、可笑的心態來面對這一件事。然而，在看似頑強的外表下，他最擔憂的，依舊是害怕被別人以異樣的眼光看待。

即使今天已經爬到了這個地位，他仍舊很清楚，大家在背地裡稱他：「那個跛腳企業家。」

「我發誓，我再也不會有任何機會，讓人看不起我！」他忿忿不平的握起拳頭，推著輪椅，離開洗手間。

「老闆，準備開三點的線上會議了。」瑋婷匆忙的走向他。

他看也不看瑋婷一眼，只回了一聲：「嗯。」便頭也不回的往會議室的方向移動。

02
在陽光下的揮灑

每週六日是輪椅網球協會球隊的固定練習時間，練習的前一天，十五歲的劉聖軒會特別撥出一點時間，先到球場與較資深的球員們打個幾場球，順便鍛鍊一下自己。

「聖軒，這球打得好啊！」

陳嘉全教練用力的拍手，表達對選手的認可。

來不及回應教練的讚美，聖軒馬上推著輪椅順時鐘轉一圈，緩和打擊出去的反作用力，然後準備迎接下一球。

「兜、兜、兜、兜……」網球一來一往打擊的規律聲，聽起來很平靜，但對聖軒來說，每當這個聲音消失，正是代表著比賽結束的意思，當然，他非常害怕輸的會是自己。

教練剛剛是在讚美他嗎？天曉得。除了眼前的對手，和網球打擊的聲音，在他心裡什麼都看不見、聽不見。

「十五比四十，比賽進入第七局！」

陳嘉全吹了一聲哨子，然後下了口令。

「這個大叔真不好對付啊！我絕對不能掉以輕心。」聖軒用力的握住球拍，嚴謹的提醒自己。

輪椅一回回的轉動，跟著球滑到球場的四面八方，汗水緩緩的從額頭流下，流到眼睛裡，所有的風吹草動，聖軒都不敢輕舉妄動。隱隱約約聽到比賽剩三十秒結束，雙方仍舊分不出輸贏。

只見對面的大叔露出了苦惱的神情，想必他一定是在想：「這個小鬼也太難纏了吧！」

「好機會！」

聖軒一邊在心裡大喊，一邊用盡全力去追逐那顆朝他而來的球，那一剎那，全世界似乎只剩下他與這顆網球的存在，這是他與「它」之間的對決，誰也不能來插手。

「摳！」

也許是因為聖軒衝得太快、或者是刺眼的太陽擾亂了他的視線，當他回過神來時，球竟然已經掉在他的腳邊了，大約只有一公尺的距離。

「比賽結束！這場比賽由游大哥險勝！」教練再次吹起哨子，宣告比賽的結束。

只見聖軒依舊在原地，坐在輪椅上，球拍在此時無聲無息的掉落在地上。

*

「可惡！我本來可以贏的！」聖軒在休息室裡大吼，彷彿叫得越大聲，就可以回到過去，改變比賽的結局。

一旁的女大學生江欣珮，看到聖軒如此的惱火，便立即將輪椅滑向他，鼓勵他說：「嘿！可別因為這一點小事就氣餒了喔！」

說完，江欣珮立刻拉著搭檔王嘉燦說：「喂！阿燦走了啦！我們再去比一場，看誰先到球場。」

「拜託，坐在輪椅上的人有什麼好比誰第一第二啊？」王嘉燦雖無奈的翻了翻白眼，但還是快速的推著輪椅。

他跟欣珮之間，有種不需要說出來的默契，此時此刻，兩人都認為讓聖軒靜一靜，是最好的選擇。

「聖軒，加油唷！」抛下這句話後，他便匆匆的離去。

協會球場，其實就是聖軒就讀的中學的體育場，所謂的休息室，說穿了只是大樹旁的體育器材室罷了。不過還好，學校願意在假日時將場地借給他們使用，讓他們有可以打球的空間。

「我想我的確是太自負了。」

聖軒閉上眼睛，仔細回想比賽中的一幕幕場景，有時還會不由自主的微笑、皺眉頭，對他來說，輪椅網球不僅可以說是他的最愛，也是他的全部，完完整整的全部，就像一個完整的圓，絕不容許缺角，因此若是一個不注意輸掉比賽，他就會十分自責。

所幸，他一直都是一個樂觀的人，不管多麼生氣、懊惱，最後也總是能重新拾起笑容。

樂觀進取的個性讓他成為整個輪椅網球團隊的開心果。

「好吧！今天可以多吃一顆巧克力。」聖軒在心裡這麼想，反正輸掉比賽了，多吃點甜食，就可以撫慰他「受創」的心靈。

「劉聖軒，你到底要在裡面待多久啊！」耳邊傳來了教練的催促聲。

「喔喔！來了來了！」

他急急忙忙的推著輪椅，以最快速的方式滑到休息室門口。

陳嘉全教練看著聖軒的臉，忍不住笑了出來：「你這小子，情緒轉換也太快了吧！走，我跟你介紹一下今天跟你比賽的那位大哥。」

「蛤？那是大叔吧？」聖軒不由自主的搔搔頭，懷疑的問。

「沒禮貌，人家可是得過全國前三名的選手呢！」陳嘉全作勢要拍聖軒的頭，他頑皮的吐吐舌頭。

於是，兩人便迅速的往球場方向前進。

*

和所有小朋友都一樣，聖軒的媽媽在懷胎十個月後，順利的在預產期當天生出聖軒，全家大小都很期待這個小生命的到來，唯一不同的是，當他出生後，原本應該欣喜、歡樂的氣氛，很快就消失了。

「醫生，跟我說你是騙我的。」

聖軒的媽媽陳心薇一邊流淚，一邊抓著醫生的手，用力的搖晃。

「老婆，妳冷靜一點，好好的聽醫生說。」

爸爸劉司宇連忙將妻子的手拉過來，緊握在手中。

只見醫生先推了推眼鏡，故意咳了一聲，然後露出面有難色的樣子說：「劉先生、劉太太，我得跟你們說一個壞消息。」

當場，周遭的空氣彷彿靜止了，連一根針掉到地上的聲音都聽得見。

「你們的兒子，由於一直無法正常的伸展腿部，今天我們特別幫他做了檢查，發現他的脊椎尾端，竟然有一顆腫瘤，就是這個原因所導致的。」醫生冷靜的說出這個令人心痛的事實。

「所以呢？他會怎麼樣？」陳心薇說完這句話，因為情緒太過激動，加上剛生產後體力尚未完全恢復，她就突如其來的倒在地上了。

聽說，陳心薇當時整整昏迷了三天，把大家嚇了好大一跳。

之後，聖軒歷經了大大小小的開刀，嘗試盡了所有的治療機會，他，還是不能走路。

在他七歲那年，由於開刀的後遺症，加上腫瘤沒有切除乾淨，醫生不得不將他的雙腿截肢，雖說他從來不知道走路的滋味，但是當他知道自己將真正失去自己的腳時，還是不太能接受。

他總認為，總有機會可以站起來，像個「正常人」一樣生活。年紀小小的他，竟要承受如此大的壓力，讓人無法想像。

可是，在開刀的前一晚，他看見媽媽趴在他的病床旁邊，臉頰上面還有兩道明顯的淚痕時，他毅然決然的將自己的悲傷藏起來，決定乖乖聽醫生的話。

「聖軒，如果你不想截肢的話，可以告訴媽媽，我會盡全力的去說服醫生，請他幫你想辦法。」這是聖軒進手術室前，陳心薇對他說最後一句話。

「媽媽，沒關係，我知道這樣對我比較好。」這是他的回應。

*

手術之後，就更加證明了聖軒是個「殘障人士」，這對一個不到十歲的孩子來說，是多麼痛苦、且難以接受的事情。

但聖軒的父母，並沒有因此而溺愛他，穿衣服、洗澡，甚至上下樓都讓聖軒自己來。

他們知道，只要一出手，養成孩子的壞習慣，以後聖軒就會一直依賴他們，當哪一天他們不在了之後，他絕對無法生存。

「聖軒，以後走樓梯時別讓阿公揹你了，阿公年紀大了，你要多體諒他。」劉司宇常常這麼對聖軒說，讓媽媽陳心薇不太能夠諒解，兩夫妻因為這件事常常起口角。

因此，聖軒變得越來越獨立，能夠做的事情盡量都自己做，不要麻煩家人。只是，他過得並不快樂，直到他十歲生日那天，陳嘉全夫婦出現在他家門口，才改變了他的生活。

「小朋友，願不願意跟叔叔一起打網球？」陳嘉全斬釘截鐵的問。

聖軒依稀記得自己那時的懷疑，他怯怯的問：「我沒有腳要怎麼打？」

「簡單啊！坐在輪椅上打就好啦！沒有人說一定要站著。」陳嘉全以一個堅定的眼神看著他。

「劉聖軒，請你上座！」

在陳嘉全旁邊的王立雯，終於說話了。

「我想，這是媽媽唯一能為你做的。」

陳心薇笑了，這是聖軒出生以來，她第一次為自己的兒子感到開心，原來這樣的感覺，是那麼的美好。

03
初遇

星期六的早晨總是特別令人興奮，可以睡到自然醒，睡夢中還夾雜著烤土司跟咖啡的香氣，起床之後吃個早午餐，就可以到學校打網球，這是每個星期聖軒最期待的時候。

「媽，我還想再吃一片吐司。」聖軒舉起手，對坐在對面的媽媽說道。

陳心薇驚訝的看著他說：「你確定？這已經是第五片了耶！」

「嗯嗯……頓啊！偶今天的食慾非常好。」聖軒嘴裡塞下最後一口吐司，口齒不清的說。

「這小子，只要可以打網球他什麼都忘了！」爸爸也習以為常的說。

「這有什麼關係呢！有運動總是好事。」媽媽站起來，一邊收拾碗盤一邊說。

聖軒大口的喝完一整杯的咖啡後滿足的說：「哈！真是過癮。爸，我們可以出發了吧？」

「哈哈哈！你有沒有發現現在才早上十點？」爸爸劉司宇說完後開始大笑。

「什麼！我以為已經十二點了，那我剛剛吃那麼快做什麼。」聖軒又好氣又好笑的說。

「我想，你應該是忘記把平常上課的鬧鐘調晚一點了。」媽媽平平淡淡的說。

「吼！早知道我賴床就好了。」說完，他心不甘、情不願的到客廳去看電視。

聖軒的家裡有四個人，爸媽和他，還有一個寵愛他的阿公。在他小時候，爺爺常常揹他上下樓，只要被爸爸看到，他就會狠狠的被罵一頓。

「唉唷！阿軒啊！你哪欸押每出門。」

阿公最喜歡把國台語混在一起講。

「阿公，我忘記調鬧鐘了啦！」聖軒懊惱的說。

「喔！原來是安捏喔！」

阿公還是講著那很難讓人聽懂的語言。

「阿公，你不要國台語講在一起啦！這樣我聽了好累。」聖軒趴在沙發上，跟阿公一起看著電視。

「啊不過吼，我好像記得你上星期『馬西安捏』呢！」阿公說完就默默的在沙發上睡著了。

「對啦！阿公，我又忘記了。」

「媽！阿公又睡著了，快幫他蓋被子。」聖軒說。

這種簡單、平凡的家庭場景，在聖軒家也常常出現。應該說，自從他開始打輪椅網球之後，個性變得越來越開朗，全家人也更加快樂、輕鬆。

不知不覺，聖軒也在沙發上睡著了。

「小夥子，起來了。」爸爸的聲音穿透聖軒的腦門。

「不要，再讓我睡一下嘛！現在才十點。」聖軒睡眼惺忪的說。

「你是在做白日夢嗎？快點，不然你自己去學校。」拋下這句話後，爸爸快步的走到家門口下樓。

「啊！等等我！」

聖軒終於回過神來，趕緊穿上義肢，拿著枴杖衝出去。

每個假日的網球運動，都是劉司宇騎機車載聖軒去學校的。通常，機車的腳踏墊都會放著聖軒的義肢，一雙穿著褲子、鞋子的下半身，乍看之下，真有種不可思議的詭異。

還好聖軒一點都不在乎別人怎麼看他，只一心期待能盡快到球場揮灑汗水。

「你看看你，睡到時間都搞不清楚了。」爸爸站在機車旁，故意敲一下聖軒的頭。

「吼！你怎麼跟教練一樣都喜歡打我的頭，這樣我會變笨耶！」他興高采烈的「爬」上摩托車。

＊

「來來來，大家過來集合一下！」

陳嘉全拍拍手，吆喝所有隊員過來。

聖軒正在和嘉燦、欣珮等人聊天，他們正在談論聖軒每次把義肢放在休息室，常常嚇到人的事。

「哈哈哈哈！上次警衛阿伯過來，突然大叫了一聲，當時我就知道發生什麼事了。」王嘉燦豪邁的大笑。

「對啊！對啊！還有那次打掃阿嬤嚇到跌倒，真的很倒楣。」江欣珮也在一旁附和著，接著繼續說：「你以後把你的義肢藏好啦！別老是拿出來嚇人！任誰看到兩條腿單單的坐在旁邊，都會被嚇死。」

「吼！知道了，你們不要再糗我了！集合了啦！」聖軒彆扭的回應，於是三個人有說有笑的滑著輪椅到陳嘉全那裡集合。

「你們三個！每次都最慢。」陳嘉全略帶責備的說。

「看在今天有一個特別的人來體驗我們輪椅網球，我就不跟你們計較了。」陳嘉全清清喉嚨，接著說：「歡迎企業家張大發老闆加入我們的行列！」

「不要亂說，我今天只是來體驗而已，沒有要加入的意思！」張大發連忙跳出來澄清。

現場鴉雀無聲，大家尷尬的互相使眼色。

「喔……歡迎張大老闆來體驗！」陳嘉全面容僵硬的露出微笑說。

「哼！」張大發說出這個字後，就滑著輪椅到大樹下乘涼。

正當大家不知道該如何是好的時候，聖軒說話了：「這個凶巴巴的鄉巴佬是誰啊？」

「聖軒，不可以這麼說，我們可是費了好大的勁才把張老闆請來運動的。」負責輪椅網球初級班的王立雯跳出來說話了。

王立雯繼續說：「他現在應該算是我這邊的學生。」

「天呀！立雯姐要面對這個臭大叔喔！」

江欣珮露出了不可置信的表情。

「欣珮。」王立雯對她使了個狠狠的眼色，讓她馬上把嘴巴閉上。

只見陳嘉全與太太，兩人緩緩的推動輪椅滑向那顆大樹，在張大發的面前你一句、我一句的，應該是在勸張大發下來一起打球。

「不了，我今天手痠得要死，我坐在這邊看你們打就好了。」

張大發堅持著。

「可是張老闆都來到這了，不動一動不是很可惜嗎？」陳嘉全委婉的對張大發說。

「你們這些人很奇怪耶！不要一直強迫我好嗎？是聽不懂人話喔！」張大發怒氣來了，好像把這對夫妻當成自己的下屬在罵。

「不是啦……你……」

「閉嘴！」

陳嘉全話都還沒說完，張大發突然大吼一聲，把整個球場的人都嚇了一跳，這種驚嚇，肯定比那雙在休息室的腿更讓人印象深刻。

「這個人是怎麼回事啊！」

聖軒生氣的往大樹下滑過去。

「聖軒你不要衝動啊！」

王嘉燦急忙的跟在他身後。

聖軒氣沖沖的推著輪椅兩旁的輪子，感覺手都快要被磨破皮了。

「你是誰啊！憑什麼對教練那麼兇？」聖軒感覺自己的心跳得好快，全身正在發熱。

「你又是誰啊？乳臭未乾的小鬼！」

張大發發現，對他大聲的竟然是一個毫不起眼的小毛頭，讓他感到有些無地自容。

聖軒看著眼前這名中年男子，禿頭、身材肥胖、戴著一副金框眼鏡，手腕上還有金色的腕錶，穿的衣服、球鞋都是名牌貨，真是個如假包換的大富豪。

喔不，應該說是個臭屁沒品的富豪。

「請你跟教練道歉。」聖軒冷冷的說。

「你說什麼？」張大發不敢置信的看著他。

陳嘉全馬上跳出來解圍說：「好了，聖軒到此為止。」

「請你立刻跟教練道歉。」聖軒再次說出這句話。

說時遲那時快，張大發一氣之下，將原先放在輪椅旁的網球，往聖軒的方向丟去，不偏不倚的打到聖軒的肩膀。

「你這個不可理喻的混蛋！」聖軒氣炸了，不顧教練及隊友的反對，丟下他們的拉扯，一拳往張大發的肚子打下去。

所有人簡直不敢相信自己的眼睛。

接下來，兩個人開始打架，從輪椅上打到球場，兩個有肢體障礙的人，在地上打到扭成一團。不時還可以聽見「你為什麼不道歉？」、「你這個臭小子！」、「給我放手！」之類的話。

陳嘉全在一旁死命的拉聖軒，才把他拉開，這時才發現他流鼻血了。

「我發誓我再也不會來這個鬼地方！管你們再怎麼求我，都不可能來了！」張大發丟下這句話後，大喊著祕書林瑋婷，她馬上來把他攙扶起來。

「那個……不好意思，我先帶我們老闆回去喔！他……」

「不需要道歉！」瑋婷話還沒說完，張大發就馬上衝出這句話，強烈的表達出自己的不滿。

林瑋婷帶著尷尬的神情向陳嘉全點個頭，便開車載張大發離去。

大夥兒看著那輛ＢＭＷ轎車越離越遠，就開始七嘴八舌的討論剛才的場景。

「聖軒，做得好啊！給那個怪老頭一樣教訓，有錢就自大嗎？」王嘉燦作勢要和聖軒擊掌。

奇怪的是，陳嘉全沒有任何一點高興或是驕傲的感覺，他緩緩的往休息室的方向滑去。

當聖軒看著嘉全教練收器材的背影時，突然感到一陣羞愧，他決定無論如何，一定要向教練他們道歉，包含那個自以為是的企業家。

「教練，我……」

「聖軒，這是我第一次對你感到失望。」聖軒話還沒說完，陳嘉全便突然說出這句話，然後頭也不回的離開了。

「你還好吧！幹嘛跟那個大叔打架啦！」江欣珮走進休息室看著聖軒的臉，擔心的問，然後對著跟在後頭的王嘉燦說：「快去拿衛生紙，他在流鼻血。」

但是此時，聖軒什麼都聽不見。

他心裡只有一個聲音：「這是我第一次對你感到失望。」

張大發離開後，整個球場陷入了一個尷尬的氛圍，聖軒更是頻頻出錯，腦海裡始終不停的浮現教練對他說的那句話，好友王嘉燦與江欣珮雖然知情，但卻不知道該如何安慰他，也就沒說什麼。

陳嘉全也是，他和王立雯正坐在一旁的大樹下看著球員們打球，眼睛是盯著他們沒有錯，但到底打到第幾局了？比數目前如何？他們壓根沒有放在心上。

他們不發一語的思索著同一件事。

「現在該怎麼辦？」王立雯苦惱的看著丈夫。

陳嘉全嘆了一口氣，然後若有所思的說道：「也許，我們應該把事實告訴球員們。」

「不可以！我們答應過張大發的。」她激動的回應。

「但是，這樣大家就會篤定的認為，張老闆是個脾氣差又古怪的人，誰也不會想要跟他一起打球，再說，他好不容易才跨出了這一步。」

「妳看聖軒，對他是什麼態度？」陳嘉全也憤慨表達他的不滿。

「講到這個，你實在不應該對聖軒這麼嚴厲，他並不知道張大發為我們做了什麼啊！」王立雯喘口氣繼續說：「以大發那種仗勢凌人的態度，論誰看了都會不喜歡、不高興的。」

「那麼現在該怎麼辦？」

陳嘉全一時也亂了分寸，突然不知道該如何是好。

王立雯沉默以對，心裡想著該用什麼方法請張大發回來打球。

夏天的微風輕輕的吹了過來，一陣涼意讓人身體也跟著舒暢了起來，陳嘉全教練站起身，拿起枴杖，決定去找聖軒好好談一談，並要求他無論如何都要達成「協議」。

*

「可惡！」

聖軒用力的將網球拋出去，氣得從比賽中離場，滑到一旁去。

他不懂，為什麼他為了教練、為了球隊出氣，還會被責罵，心裡十分不甘心。

「也沒有必要那麼生氣吧！」

陳嘉全教練突然出現在他旁邊。

聖軒嚇了一跳，趕緊收起臉上那副悲憤的表情，心虛的看著教練。

「我知道剛才對你說的話太重了些，可是聖軒，你一定要記得，無論再怎麼生氣，都不應該去頂撞長輩，還出手打人，了解嗎？」陳嘉全盡可能好聲好氣的對聖軒說。

聖軒點點頭心虛的說：「教練對不起，我知道這樣不對，以後不會再犯了。」

「我可沒有那麼輕易的原諒你，你得先答應我一件事。」陳嘉全說。

聖軒急切的問：「跟張老闆道歉嗎？好啊！那我們立刻出發吧！」

「除了向他道歉之外，我要你想辦法，讓張老闆加入團隊一起打輪椅網球。」陳嘉全斬釘截鐵的說。

聖軒不敢置信的看著教練結巴的說：「可以是可以……可是教練，我怕他一看到我就生氣，去道歉就令人緊張了，竟然還要……」

「就這麼決定了吧！明天星期天，一早就出發。」說完，陳嘉全轉頭離開，留下了不知所措的聖軒。

「好吧！只好豁出去了。」聖軒當下這麼想著。

# 04 惡夢連連

睡夢中，突然傳來了大大的關門聲，伴隨著酒瓶碰撞的聲音，張大發知道，一定是爸爸回來了，如果他沒有馬上出房門幫他拿東西，等下他跟媽媽就有的受了。

他強忍住睡意，撐起身，爬下床將門打開，再以最快的速度爬向客廳。

「爸，你回來了啊？」張大發帶著怯怯的口吻，不敢直視父親。

爸爸搖搖晃晃的坐在沙發上，放下裝滿一罐罐酒的塑膠袋，又從中拿起了一罐繼續喝，他斜眼看了看兒子說：「你搞什麼東西啊？怎麼那麼慢，快過來幫我搥搥背！」

正當他準備爬到沙發上時，媽媽也從房間出來了，她看見大發辛苦的想要爬到沙發上，忍不住拉了他一把。

「妳這女人，不要幫這個跛腳小孩。」

爸爸大聲斥責著媽媽，散發出陣陣酒氣，薰得大發差點將晚餐全部吐出來。

爸爸開始大吼大叫：「我上輩子不知道欠了你們什麼啦！替老婆婆家還債，終於還完了想說可以安享天年，卻在這時給我生出了一個跛腳小孩！老天爺啊！祢是不是對我張榮發太不公平了啊？祢說說看啊？」

一陣一陣辱罵的言語傳到張大發母子耳中，他們像聾了一樣，不動聲色。

只是張榮發仍舊不死心一句接著一句的說：「你們兩個賠錢貨，是要花我多少錢才甘心啊？我喔！這輩子最後悔的事情就是娶到妳這個女人！」

他邊說邊走向廁所，張大發暗自祈禱爸爸乾脆就在廁所睡著好了，這樣說不定他還可以再多睡一會兒，得到片刻的安寧。

沒想到媽媽卻在這個時候說話了：「你喝多了，我扶你回房間休息。」

那一剎那，大發心想：「完蛋了，媽媽為什麼偏要選在這個時候說話……」

果不其然，張榮發轉身冷眼看著妻子帶著恐嚇的語氣說：「我沒有喝醉，妳給我放手喔！」

媽媽嚇得立刻鬆開手，可惜已經來不及了。

張榮發開始拿起身旁的東西，大摔特摔。

塑膠杯、花瓶、電話……大大小小的東西已經不知道被他摔過幾百次了，有的還被媽媽拼拼補補的黏起來。

東西摔完，爸爸還拿起掃把，狠狠的往妻小身上打。

「我就是造孽啊！阿母講的話不聽，執意要娶妳現在才會那麼苦命啦！」他不停的揮動手中的掃把，媽媽則痛苦的哀號。

張大發好氣自己，他除了在一旁大喊著：「快住手，爸爸我求你別打了。」之外，他根本沒有其他反擊的方式。

打累了後，張榮發看著蹲在地上的兒子，也沒有想說要去扶他一把，走過去將掃把摔在他旁邊，吐了一口口水在他身上說：「看什麼，跛腳的！」然後便氣沖沖的走向廁所。

媽媽則是滿身傷痕的坐在地上哭泣，身邊還有鄰居太太跑過來安慰她。

張大發隱隱約約聽見，那些三姑六婆告訴媽媽，一定要去報警，但是媽媽當然說什麼也不肯。

「我要變成有錢人！」那一刻，在張大發小小的心靈暗自這麼發誓。

「有錢之後，我要帶著媽媽一起離開這麼沒用的父親。」

十八歲以前，這一直是張大發心中唯一的信念。

＊

「阿爸，放手，不要再打阿母了，我拜託你！」

張大發睜開眼睛，看著黑漆漆的四周，打開天花板上華麗的水晶燈，一旁的鬧鐘顯示現在時間是凌晨三點。

原來是一場惡夢。

他爬起身來，心有餘悸的回想著夢境中的畫面。

「你這個跛腳小孩！」張大發一直到現在，仍然會時常想到父親的這句話，這語氣中帶著不屑、瞧不起的意味存在。

不知怎麼的，他突然想起白天在網球場裡和他大打出手的那個男孩，那種叛逆以及強烈的正義感，竟讓他想到小時候的自己，那個想要好好保護母親的自己。

他搖搖頭，納悶的想著：「我一定是瘋了。」

一星期前，王立雯獨自一人前往他的辦公室。他理所當然的囑咐祕書林瑋婷要好好杜絕她和陳嘉全的出現，誰知道，她這次竟是以另一個身分前來：他的學妹。

「我的學妹，誰啊？」他問著林瑋婷。

「她就是那個上次來講……」

「鈴——鈴——鈴——」林瑋婷話還沒說完，張大發的手機便響起了，他只對林瑋婷點個頭示意：「請她進來吧！」

林瑋婷還想繼續解釋，張大發便揮手叫她趕緊去請人進來，然後接起電話說：「唉唷！是王董啊！最近過得好嗎？」

「到時候可別怪說我沒提醒你。」林瑋婷無奈的在心中想著。

當張大發一看到王立雯，不敢置信的說：「妳是怎麼進來的啊？」

「是你讓我進來的啊！」她回答。

「最好是。」

「真的是啊！學長。」

那時，張大發才漸漸發現眼前這個女子十分眼熟，慢慢的回想起好幾年前的往事。

「妳是那個被阿偉找麻煩的女生吧！」張大發終於想起了王立雯。

「沒錯。」她似乎很高興。

「妳來幹嘛？告訴妳，我可不想去打網球。」張大發以輕蔑的語氣說。

「我是來募款的。」王立雯理直氣壯的說。

「募款？」這個字眼引起張大發的注意。

「我從大學時期就開始接觸輪椅網球，在這裡認識了我先生，也重新找回了自己。」她吞了一口口水，接著說：「這幾年，在學員越來越多的情況下，我們創建的協會也付出更多的經費，近來更有周轉不良的現象出現。」

「所以妳是希望我捐款嗎？」張大發劈頭直截了當的問。

「對。」王立雯也毫不猶豫的回應。

「哈哈哈哈哈哈！這真是我聽過最好笑的笑話。」張大發大聲的笑了起來，然後說：「只見過一次面的學妹，竟然那麼有勇氣的叫我捐款。」

「其實，你也不用那麼訝異。」王立雯說。

「請你捐款，主要是為了幫助那些想運動的肢障朋友，讓他們有機會可以打網球。我們想換一批新的輪椅，你可以幫忙嗎？」她盡可能的，免除掉一些阿諛奉承的話，她的第六感告訴她，張大發是個非常討厭人家諂媚他的人。

「為什麼要幫妳？」張大發問。

「我們的目的一樣。」

「什麼目的？」

「讓身障朋友，跟一般人一樣；告訴世界，我們和你們一樣！」王立雯認真的樣子，觸動了那個隱藏在張大發內心的熱情。

「我可以怎麼做？」張大發又再一次的問。

「讓我們買一批新的輪椅，然後來打球。」

「為什麼我一定得去打球？」

「張老闆，我們需要一起證明，證明我們與其他人一樣，你是不是討厭被人以異樣的眼光看待？你是不是渴望能夠跟一般人一樣輕鬆、自在的走在路上，去任何想去的地方、走到任何想逛的商店？」王立雯帶著自信的口吻，一針見血的說出每個身障人士最渴望的一件事——「當個『正常人』。」

看到說不出話的張大發，王立雯直覺自己快成功了。

「學長，我們所有的球員，都是一樣的人，你不用覺得自己奇怪，沒有人會笑你，或是一直看你。」她誠懇的看著張大發。

「我願意捐款買一批新的輪椅給你們使用，但是打球就……」

「拜託你一定要來，這個星期六早上十點！」

王立雯向他鞠躬，感謝他的幫助，這個舉動不是奉承，而是發自內心的真實謝意。

不等張大發回應，她便告退了，因為她知道，見好就收的道理。

回想到這樣，張大發將王立雯的每一句話又重新思考了一次，對於她和他丈夫創辦輪椅網球協會的勇氣，決心幫助每個身障者的想法，足以令人動容，更何況他們是切身的在執行著。

「是啊！我也是個一般人啊！爸！你知道嗎？」

張大發看著牆壁上的黑白遺照，張榮發三年前因為酒精中毒過世，直到死前一刻，手中還是拿著酒瓶。而他的母親，目前則是在安養院療養，患有老年痴呆症，早就認不得任何人，每回看到兒子總是叫他張老闆。

*

這個夜裡，每個人都有著不一樣的心境。

張大發的傷悲。
陳嘉全、王立雯的期待。
還有，劉聖軒的緊張。
在盛夏的夜晚，伴隨著蟬鳴，這些情緒靜靜的蔓延下去。

05
一起來打球吧!

「啾啾啾……啾啾啾……」鳥兒的叫聲，逐漸佔據了整個枝頭。

整晚沒有闔眼的聖軒，望著窗外明亮的天空，緊張感立即浮現。

「還有四個小時就十點了，我該怎麼跟他道歉啊？」聖軒想了一整晚的問題，依舊沒有找出答案。

房間外傳來了腳步聲，聖軒知道，是媽媽起來在準備早餐了，既然睡不著，他便起了身，換好衣服，到客廳去。

「你是因為昨天沒打夠，所以今天比較早起嗎？」媽媽陳心薇一邊圍上圍裙一邊說。

「你要等一下喔！因為媽媽也才剛起床。」說完，她便打開冰箱，挑選著早餐的食材。

聖軒沒有回答媽媽半句話，失神的盯著桌子看。

「阿軒啊！你今天哪欸更早起啊？你甘洗鬧鐘壞掉，啊不然阿公幫你買一勒新的！」阿公又對聖軒講起國台語夾雜的話，看樣子阿公最近在老人會裡學到不少新的國語，不過此時的聖軒，也沒有心情和他聊天。

「阿公，我知道你國語進步很多！但我今天不想聊天。」聖軒悶悶不樂的說。

「啊你真的揪奇怪耶！怪小孩，我要去看『點思』啊！」阿公說完就拿起遙控器將電視打開，大概也只有聖軒知道他是要看「電視」吧！

隨著時間一分一秒的過去了，離十點越來越近，聖軒的心情依然七上八下。

「聖軒，今天教練會來接你喔？」爸爸劉司宇問。

「喔！是啊！」聖軒心不在焉的回答。

看見兒子沒有精神的樣子，爸爸忍不住繼續說：「你啊！打起精神來吧！不然等一下怎麼打球？吃飽了就趕快先下樓等教練來。」

「好啦！」爸爸的催促讓聖軒勉強的揹起背包，穿上義肢，到樓下等陳嘉全的到來。

*

陳嘉全接到聖軒後，兩人很有默契的不提到張大發，他們聊了天氣或是網球選手阿格西等不相關的話題，聖軒甚至暗自希望教練忘記要去找張大發這件事。

終於，車子開到了張大發家門口，眼前是一棟氣派的大樓。

「走吧！枴杖記得拿好。」教練提醒著。

「好。」聖軒覺得在講這個字出來的時候，心臟差一點也跟著吐了出來。一進到大廳裡，看著到在天花板上的水晶燈、牆上高雅的油畫、潔亮的大理石地板，一看就是有錢人住的地方，美輪美奐。

陳嘉全往大廳櫃台走去，向警衛表示要找張大發，聖軒則默默的祈禱張大發會拒絕。

「來，我們上去吧！慢慢走就好。」陳嘉全回來後，對聖軒指了電梯的方向，叫他往那走。

「他願意見我們喔？」聖軒問。

「嗯！沒錯。」陳嘉全不以為意的說。

於是兩人帶著複雜的心情搭上了電梯，彼此都沒有再說任何一句話。當電梯門打開，聖軒嚇了一跳，出現在眼前的人不是張大發，而是一個身材瘦小皮膚黝黑的年輕女子，對著他們說：「good morning!」

聖軒恍然大悟的說道：「教練，張大發沒有要讓我們上來吧？剛剛跟你通電話的，其實是他的傭人！」

「跟她說一樣啦！而且人家不是傭人，她有名字，她是莉莎。」陳嘉全邊說邊推著聖軒的肩膀，提醒他要趕快出電梯。

聖軒簡直不敢相信，這樣就可以進入張大發家裡，到底是那個警衛太散漫還是教練太聰明，他也想不出為什麼了。

張大發的家果然非常寬敞舒適，一進門，映入眼簾的是一大片落地窗，可以俯瞰城市的街景，電視下還有一個華麗的壁爐做裝飾，沙發的則用線條刻劃出類似土耳其地毯的花紋，整個客廳顯得充滿貴氣又不庸俗。

「Wait, plesae.」莉莎請兩人稍坐一下，便進房去起請張大發出來。

聖軒不敢坐下來，一想到待會兒要面對張大發張牙舞爪的面容，就讓他夠緊張的了。

「妳說誰來了？」張大發宏亮的聲音，穿透了整間屋子。

「He told me,he is your friend.」莉莎急忙為自己辯解。

「Who?」他們你一句我一句的一問一答。

張大發走進客廳，一看到陳嘉全和聖軒的臉，露出了驚訝的神情。

「你們臉皮還真厚，看我家菲傭中文不太流利，就這麼溜進來了。」張大發語帶調侃的說。

陳嘉全趕緊走向張大發旁邊說：「張老闆，我們今天來是希望您可以再次考慮加入我們團隊，我知道您是一個本性很善良的人。」

「善良？怎樣，是你老婆說的吧？別聽她鬼扯。」

似乎不管陳嘉全說了什麼，張大發都會故意頂回去，聖軒覺得應該是自己出面的時候了。

「張老闆您好，我叫劉聖軒，今年十五歲。」聖軒突如其來的說話，將正在說話的兩人的注意力轉到自己身上來。

張大發看著眼前這個男孩說：「小夥子，算你有膽，你竟然敢跑來我家。」

聖軒突然覺得，全身正在發熱，心跳加速，但他還是硬著頭皮說：「對於昨天的事情，我真的感到很抱歉，您是長輩，說什麼我都不應該動手的。」

他尷尬的抓抓頭，接著說：「來打網球真的很好，會認識很多新朋友，身體也會更加健康，如果您願意加入，我可以成為您的夥伴，跟您一起打球。」

「天啊！我到底在說哪門子的話啊？千萬不要答應，趕快拒絕我。」聖軒在心裡吶喊著。

「張老闆，小朋友不懂事，也請您不要跟他計較了。我們真的很希望，您可以加入團隊，與我們一起為身障朋友共創未來。」陳嘉全也在旁附和著說。

「我一出生，就不知道走路的滋味是什麼？你們都還可以撐著枴杖走幾步路，而我呢？這樣還能打球？別笑死人了。」張大發揮一揮手，露出了完全不相信的神情出來。

聖軒看著張大發如此不在乎的樣子，氣得當場將義肢脫下來，跌坐在地上。

「我們是一樣的！在我很小的時候，我就截肢了。這幾年才裝上義肢，不相信的話，你可以問問教練。」

聖軒的舉動，震驚了張大發，他不得不佩服這個男孩的意志力與勇氣。

「你以為只有你會自卑、難過嗎？走路？那是什麼樣的感覺，我也好想知道，可是這輩子我們注定沒有機會知道了。那是不是應該做一些更有意義的事情來證明我們的存在？」聖軒臉不紅、氣不喘，理直氣壯的說出了這一番話，令在一旁的陳嘉全感到非常欣慰。

「張老闆，看在我們這麼有誠意的份上，就請您再來一次吧！」陳嘉全感覺到張大發的心情似乎已經動搖了，趕緊補上幾句話，渴望能趕快說服他。

「教練，我覺得講這麼多就夠了，今天把心裡的好多話一次全部說了出來，希望張老闆可以了解。」

聖軒眼神飄向張大發的方向後，又接著說：「教練常常告訴我們一句話，現在原封不動的送給您。」

聖軒清了清喉嚨後說：「老天爺在創造人類時，給了大家一對翅膀，但是他卻忘了把我們的翅膀裝上去。輪椅網球協會的存在，則是將老天爺忘記做的事，拿來做。您願意，讓我們替您裝上翅膀嗎？」

「我們說了那麼多，就是希望張老闆您能好好考慮一下，這就不打擾了。」陳嘉全說完，便協助聖軒將義肢穿上，然後離去。

＊

離開張大發家後，聖軒在球場上的表現，又恢復了從前應有的水準。好友嘉燦跟欣珮見狀後，都感到十分開心。

「你根本就是黑甘仔裝醬油嘛！說出這些話肯定可以說服他的啦！」發自內心高興的人是欣珮。

「太厲害了，身為你的好友，我一定要跟自己握手。哈哈！但是我沒有手。」喜歡拿自己出來開玩笑的人是嘉燦。

「不過他如果真的加入了，你願意當他的搭檔喔？」休息時間，兩人異口同聲的問了聖軒這個問題。

「應該是可以吧！依我的水準，帶新人一定沒有問題。」聖軒自豪的說。

「才誇你幾句而已，屁股馬上就翹起來了啊！」欣珮故意用手肘撞了撞聖軒。

*

當天夜裡，下起了一陣傾盆大雨。

對於今天在張大發家中發生的事情，聖軒由衷的感到驕傲，這是他第一次正視自己的殘缺，將自己的缺陷赤裸裸的顯現出在他人面前，他不怕被嘲笑，他只是發自內心的，希望可以幫助張大發。

外頭大雨一滴滴的落下，但這卻是個美好的夜晚。

「晚安。」聖軒滿足的對自己說，然後關燈上床睡覺，並深信今晚一定可以做個好夢。

另一邊的張大發，則尚未從早上聖軒給他的震撼中醒過來。

「這孩子，是哪來的勇氣啊？」他思索著、回想著聖軒所表現出的一舉一動，拿他來與自己的童年相比，兩人的個性有著天壤之別。

「為什麼我沒有他的正向思考？」

「為什麼我那麼害怕面對自己？」

「為什麼我從來不願相信別人？」

「為什麼一定要用自大來掩飾自卑？」

一連串的捫心自問後，張大發得到了解答，除了他沒有聖軒完整的童年之外，他所欠缺的是與人之間相處，所產生的感情與信任。

從小到大，他想的就是如何變成有錢人，好來「報復」爸爸和那些看不起他的

同儕們。久而久之，原本想要讓媽媽過好日子的想法，就漸漸轉為了一種悲憤，一發不可收拾，進而養成他自負、古怪的脾氣。

「在眾人面前脫下義肢」、「在眾人面前拄著枴杖」、「在眾人面前爬行前進」，這種對肢障者來說，是再平常不過的動作了，但他始終不敢在任何人的面前，展露出這些行為。

「如果我這麼做，他們一定會看不起我。」這一直是他心中的想法，不過聖軒的出現，卻逐漸將他心裡那些負面的想法剔除掉了。

「或許真的可以去試試看。」張大發心裡想著。

「莉莎！莉莎！」想到這裡，他立刻呼喚著傭人。

正在廚房洗碗的傭人，聽見主人的吶喊，馬上放下手邊的工作，小跑步的到張大發身邊。

「去幫我拿電話，我要打給瑋婷，請她明天帶我去買一組好打的球拍。」張大發興奮的說，也顧不得莉莎聽不聽得懂他說的話。

「I see.」莉莎只感覺到主人心情很好，將電話交給他後，又回到廚房洗碗，慶幸沒有因為動作太慢而被責備。

「真是個不平凡的一天，晚安。」張大發交代完事情後也關上床頭燈，滿足的閉上眼睛，他也相信，今天肯定會有好夢的。

＊

接下來的一個星期，聖軒每天都會和陳嘉全或是王立雯通電話，主要是要掌握張大發會不會加入的消息，眾人都十分期待。

「他還沒有回喔！好吧！唉！要是有進一步的進展，一定要馬上告訴我唷！」聖軒掛上電話，臉上不免露出失望的表情。

「發生了什麼事？看你這兩天跟教練一直在通電話。」媽媽忍不住好奇的問。

「沒有啦！那我先去洗澡喔！」聖軒連忙解釋，找藉口逃避媽媽的問題，他並不想讓他們知道張大發的事，免得使他們擔心。

不過，種種現象證明聖軒對這件事的關心。

＊

首先是星期一，第一堂國文課時，老師正在講解孔子的生平，同學們有的聽得津津樂道，有的偷偷在打瞌睡，而聖軒，還在想著昨天在張大發家發生的事情。

「好，劉聖軒，請問至聖先師是誰？」老師走到聖軒面前，捲起課本用力的敲了他頭一下。

他立刻從反覆的思索中回過神來。

「喔！就是莊子嘛！喜歡說故事的那個。」只見周圍的同學紛紛笑了起來，聖軒還搞不清楚到底是怎麼一回事。

「至聖先師怎麼會是莊子？回去罰寫課文五遍。」老師怒氣衝天的樣子，看起來就像是牛魔王，很剛好的是老師的確姓牛，名叫牛永福，是聖軒的班導師，他是個身型矮胖看不出來幾歲的男子。

「還有，我會在連絡簿上，告訴你父母你上課不專心。」牛魔王說完後，隨即響起了下課鈴，聖軒馬上無奈的倒在書桌上。

好友李茂很有「禮貌」的過來安慰他。

「發生什麼事了嗎？有沒有需要我幫助的地方。」即使兩人是朋友，李茂還是用友善的說話方式來跟聖軒說話，如果哪天他講話突然輕鬆了起來，那聖軒肯定會很不習慣。

「還不就是輪椅網球的事情，我們教練不知道從哪認識了一個老頭，硬是要我說服他加入。你有所不知了，那男的頑固得很，講到我口水都快乾了，他還是沒有答應耶！」聖軒一口氣說完了他心中在意的事，卻語帶保留。

但李茂並沒有多說什麼，只是安慰道：「你有盡力就好了。」

這句話雖然簡短，卻可看出兩人深切的友誼，不需要多說些什麼，就可以了解彼此心裡最想要聽見的是什麼。

「所以，你今晚要記得罰寫課文哦！」李茂在安慰之餘，依舊會督促聖軒，避免他忘記，隔天又要被老師罵。

「知道啦！」聖軒用手比了ＯＫ。

「那就好，我要繼續去看《咆嘯山莊》了。」說完，李茂回到位子上，從書包裡拿起《咆嘯山莊》，隨即進入書本的世界。他是個非常喜愛經典文學的男孩，文筆很好，在作文比賽中經常得名。

如果說書本是李茂的生命，那聖軒的生命就一定是輪椅網球。

當天晚上，聖軒被爸爸狠狠的罵了一頓。

「你怎麼會連『至聖先師』是誰都不知道？老師講了那麼多，哪一句話你聽進去了？」劉司宇劈頭問了他一堆不需要他回答的問題，聖軒知道，他只要安靜的聽就好了。

「你既然知道莊子愛說故事，為什麼不知道孔子是至聖先師？」

「你該不會連《論語》都沒聽過吧？」

「你知不知道他還有個弟子叫顏回？」

爸爸一連串的炮轟有時候沒頭沒尾的，聖軒常常要一直忍耐才不會笑出來。

「我再也不會管你了！」這句出現，便表示砲轟即將結束。

劉司宇唸完之後，就生氣的回到房間，用力的關上門。

聖軒突然對爸爸有那麼一絲的愧疚感，他當然知道至聖先師是孔子，只是他根本沒在聽牛魔王上課，又怎麼會知道他在問什麼呢？

「至少，你可以告訴媽媽，你在煩什麼事情吧！」陳心薇走過來，摸摸聖軒的頭說。

完。

聖軒點點頭，於他把初次在球場遇到張大發，兩人大打出手，後來又和教練一起去請他來打網球的事，統統告訴了媽媽。她完全沒有插話，只是靜靜的聽兒子說完。

「我很擔心他不來打球，我都已經費了九牛二虎之力了！」聖軒無奈的說。

「很多事情，是早就注定好的事，誰也沒辦法去改變什麼。」媽媽說。

聖軒似懂非懂的看著她。

「不管他今天願不願意過來打球，也不管你做了什麼感人肺腑的事情，重點已經不在你身上了。對未知的事情，抱著忐忑不安的心情雖說是人之常情，但媽媽還是希望你能夠專心上課，為了這件事被老師、爸爸臭罵一頓也不好受吧！」陳心薇輕柔的說完了這一段話。

「唉！這我當然知道，可是我就忍不住會去想他啊！」聖軒表現出一副完全不知該如何是好的樣子。

「你啊！自己都擔心不完了還有力氣去管別人！不是要罰寫嗎？趕快去寫。」媽媽催促著說。

「天啊！我忘記了啦！」聖軒哭喪著臉。

「所以我才一直催你啊！」媽媽一邊說一邊將聖軒攙扶回房間。

「看來今天又要熬夜了，真討厭！」聖軒在心裡對自己說。

每當劉司宇對兒子大發雷霆時，媽媽陳心薇總是站在旁邊，默默的觀察兩人的一舉一動。等丈夫終於罵累了、唸累了，回房間去後，她才會跳出來對兒子說教，她和丈夫就是最典型的，一個黑臉跟一個白臉的角色。

這天晚上，媽媽趁著聖軒熟睡的時候，偷偷從他書包拿起了聯絡簿，在上面寫道：「對於聖軒在課堂上不專心的事情，我們對老師感到十分抱歉，已經好好責罵過他了，也請老師多多包涵。」

隔天，一直等到聯絡簿發回來後，聖軒才看到媽媽寫的這段話，以及牛魔王的回應：「謝謝聖軒媽媽，請別放在心上。」

他當下覺得很羞愧，決定以後「一定」要好好專心上課，不可以再分心。

嗯！應該說是「希望」。

＊

左顧右盼，終於到了星期六。這天，聖軒拜託爸爸早一點載他到球場，他希望一到那裡，就能看到張大發的臉。

當他匆匆忙忙以最快的速度衝進休息室時，他只看見王嘉燦一個人，拿著白色的膠帶正在將手捆起來。

「嗨！嘉燦哥。」聖軒愉快的和他打招呼。

「嗨！」他冷冷的回應。

「你今天很早喔！」

「嗯！」

「我想說，今天張大發可能會來，所以我也提早到了。」

「嗯！」

「你覺得他會來嗎？」

「不知道。」

聖軒看到朋友無精打采的樣子，便問：「發生什麼事了嗎？」

「沒事。」嘉燦還是冷淡的說。

「欣珮呢？」聖軒問。

他感覺，王嘉燦似乎抖動了一下，他抓緊機會繼續問：「她人呢？怎麼沒跟你一起來？」

「你不要問！」嘉燦突然用很生氣的口吻對聖軒說話。

看著聖軒目瞪口呆的表情，他才意識到自己有些超過了。

「聖軒對不起，我只是很擔心。」他將頭緩緩低下。

「擔心什麼？」聖軒追問。

「擔心失去欣珮。」

「喔！失去欣珮。什麼！你再說一次，她怎麼了？」聖軒嚇到了，他連忙用力的拉著嘉燦的衣服，持續追問。

「你快說啊！她怎麼了？」但不論他怎麼追問，嘉燦就是不說。

「欣珮昨天從樓梯上摔了下來，現在還在加護病房還沒清醒。」說話的是陳嘉全。

聖軒嚇壞了，前一秒他滿腦子都是張大發會不會來打球的事，沒想到現在居然聽到這個噩耗，他好想立刻去看欣珮。

「那我們還在這邊做什麼？趕快去醫院啊！」聖軒慌了，他可以想像好友躺在病床上，全身插滿管子的樣子。

「教練，今天暫停打球吧！大家趕快去看欣珮。」聖軒拿起一旁的枴杖，激動的對教練說。

「不可以。」

「我們今天不會暫停練習，明天也不會。」陳嘉全鎮定的回答。

聖軒目瞪口呆的看著他問：「為什麼？」

「聖軒，欣珮不會想看到我們為了她，而放棄練習的機會。你想想，全國大賽再過幾個月就到了。」教練以沉穩的口氣安撫他。

「教練說的沒錯。」原本一直保持沉默的王嘉燦終於說話了。

「怎麼連你也……」聖軒無可奈何的看著嘉燦。

「欣珮的事情大家都很難過，可是我們還是要好好的練習，才不會辜負她的期望。等今天練習結束，我再帶你們去看她。」教練對他們兩個說。

嘉燦將手中的膠帶捆緊後，什麼話都沒說，坐上輪椅往球場滑去。

聖軒可以感受到他的擔心絕對不會輸給自己，他已經無心掛念張大發今天會不會出現了，現在他只求欣珮可以平安無事。

就在這時，休息室門口突然開進了一輛大貨車。

「怎麼會有車子進來啊？」正當聖軒納悶時，只見教練快步的迎向前去與司機大哥說了幾句話後，便將貨車後的門打開。

裡頭是一輛輛全新的輪椅，打網球時專用的輪椅。

「這些全都是張老闆出資買的。」不等聖軒發問，教練自己跟他說了這些輪椅的來源。

「什麼！」聖軒驚訝的說。

「是的，全部都是他以捐贈的名義給我們的。」教練又重複說了一次。

「欣珮看到一定會很開心，她老嫌她那台輪椅不好滑。」聖軒說。

當大夥正忙著整理休息室時，傳來了一個宏亮的聲音。

「怎麼樣，新的輪椅好用嗎？」

只見張大發與祕書林瑋婷出現在休息室的門口，他的肩上還揹著一個包包，露出半截網球拍。

「啊！發哥您來了啊！」陳嘉全對他露出微笑表示歡迎。

「不好意思，我們先整理一下。」王立雯對張大發說。

「你們先忙吧！我四處看看。」張大發對祕書點個頭，她便將輪椅轉向，準備離開。

「等一下！」教練突然大喊一聲，對聖軒說：「你去教發哥怎麼熱身。」

聖軒疑惑的用食指指著自己問：「我？」

「就是你，快去！」教練催促著。

「喔……好吧！」他搔搔頭，坐上輪椅到門口去找張大發。

「你們先熱身喔！我待會兒就過去。」王立雯在他們身後叫道。

兩台輪椅靜靜的在操場上移動，兩人都不知道該說什麼話。由於剛剛聽見欣珮的事情，所以當聖軒看到張大發時，完全忘記了要驚訝。

「今天是你教我啊？」張大發打破沉默問聖軒。

「沒有啦！一起熱身而已。」他尷尬的回答。

「我想也是不可能。怎麼說你也都是一個毛頭小子而已！」張大發依舊不改說話高傲的作風。

「你說的對。」心情低落的聖軒，現在只擔心好友的安危，沒有心思再去反駁張大發。而球場另一邊的嘉燦，也頻頻出錯漏接球。

張大發看見聖軒左顧右盼的樣子，於是問：「你的精力跑到哪去了?嘉全跟我說你很愛打球，看來他是搞錯了。」

「才不是！」聖軒大聲的回應。

「我的好朋友現在在醫院昏迷不醒，我該怎麼打起精神來？」

張大發眼睛眨也不眨的看著他說：「你覺得，你朋友會想看到你悶悶不樂的樣子嗎？」

聖軒沉默。

張大發繼續說：「我要是他，就會希望朋友能連他的份好好打下去。來教我熱身吧！」

既然了解欣珮的想法，說什麼都要好好認真練習才是。聖軒看看嘉燦，雖然遠遠的看不清楚他的表情，但看他用力揮拍的樣子，他知道嘉燦也很努力的想要進入狀況。

「好，來吧！首先是手部運動。」聖軒帶著張大發一起做。

「小子，你知道我為什麼會來嗎？」張大發問。

聖軒遲疑了一下，然後說：「被我感動到嗎？」

「你少臭美了！那只是一部分的原因。」張大發說。

「不然呢？」

「因為我想證明自己曾經存在過。」總算，張大發的回答不帶任何尖酸，單單的說出了一個事實。

聖軒對他微微笑著說：「那就一起打球吧！」

06
存在感

「醫生說這個晚上是危險期，只要她熬得過去，就有機會醒過來。」欣珮的媽媽紅著雙眼說。

「江太太妳放心！欣珮是很頑強的人，她一定會好起來的。」王立雯坐在欣珮媽媽旁邊，輕輕的拍著她的肩膀。

聖軒和嘉燦隔著玻璃窗，看著躺在病床上的欣珮，身上的管子連接到各種數據機器上面，上面的數字不時的轉換、跳動著，很難想像一個星期前還和他們一起活蹦亂跳的夥伴，會突然躺在床上，一動也不動。

嘉燦不顧大家的反對，堅持要留下來陪欣珮度過今晚的難關。

車上，陳嘉全夫婦和聖軒，三人不發一語。

車子隨著地面的形狀起起伏伏。

「你今天跟發哥還好吧？」教練問。

「不錯啊！沒想到他蠻配合的。」聖軒回答。

「你別看他那副自視甚高的樣子，他其實是在偽裝。」王立雯在旁補充道。

「偽裝？」

「講話越是大聲的人，實際上越是自卑。」

「他會那麼驕傲，是原於心裡的不安全感以及對人的不信任。」立雯說。

聖軒似懂非懂的點點頭。

「他啊！也是努力的好久才出頭的。」教練附和著。

「你就好好的幫助他打開心房吧！讓他相信我們是真的關心他。」立雯誠懇的看著聖軒。

「由我嗎？」聖軒赫然想起，自從他出手打了張大發後，教練夫婦倆人，每次只要有關於張大發的事，他肯定跑不掉。

「因為你還很純真。」教練說。

「你還年輕沒有心機，對這個世界充滿著美好的信念。他需要的，就是一個能給他正面能量的人。」立雯附和著先生的話說。

聖軒點點頭，然後說：「不過，我們年紀差了好幾輪，他會不會覺得我人小鬼大？」

「哈哈哈！我想這些都不重要。」教練露出詭異的笑容說。

「怎麼說？」聖軒疑惑的看著他。

「因為，你在他心中早就是個沒大沒小的臭小子了。」說完，教練哈哈大笑。

聖軒感覺得出來，教練夫婦很努力的想要轉移話題，好讓他別去想欣珮今天還在危險期這件事。

他也勉強的笑了笑，祈禱能夠趕快到家。

到家後一進家門，媽媽急忙問聖軒目前欣珮的狀況。

他只說了三個字：「危險期。」

＊

「劉聖軒，請唸第十五頁的課文，孟子的生平。」牛永福老師說。

「聖軒，老師在叫你……」旁邊李茂輕輕的提醒他，忍住想要用手肘推他的衝動。

「啊！好，我唸。」

當聖軒終於回過神來，說出口的卻是：「唧唧復唧唧……」

當場全班哄堂大笑，牛魔王更是氣到發抖，差點就忘記聖軒的狀況，叫他出去罰站了。

「你每個星期一一定都要那麼不專心嗎？每個禮拜都有不一樣的事情要想就對了，回去罰抄十遍！」

「都快要畢業了，不能因為你不要考試，就那麼不專心啊！」他嚴厲的說，並兩手插腰，顯現威嚴。

聖軒頻頻向老師賠不是，牛永福也唸了好一會兒才放過他。

好友李茂這回沒多說話，他感覺得出來，上星期的聖軒是急躁，這星期所表現出來的卻是不安，只要時間到了聖軒就會自己告訴他，他沒有必要先過問。

星期一學校時光，就在聖軒魂不守舍的入定狀態下過了八個小時。

放學後，聖軒一個人拄著枴杖，到平常練習的球場散步。他看見欣珮固定站的位子，現在空空蕩蕩的；另一旁的「休息室」，在平常又變回了體育器材室了，他突然覺得這個場景好陌生，不像他假日在練習的球場。

「摳、摳、摳……」

就在這時，耳邊傳來了網球落地的聲音，規律的音調使他的心平靜下來，他心裡想：「一定是教練來了。」

於是，他慢慢的走過去，想打聲招呼。

沒想到這時，眼前出現的人，竟然是張大發。

他坐在輪椅上，拿著球拍對著牆壁練習。他認真的揮著球拍，即使球時常跑到別處，他還是奮力的打，完全沒注意到聖軒站在他的旁邊。

球不偏不倚的滾到聖軒的腳邊。

「不要幫我撿，我自己來！」張大發快速滑著輪椅過來，這才發現這個人原來是聖軒。

「你怎麼在這？」張大發驚訝的問，頭上一顆顆汗水流了下來。

「這是我學校，我當然可以在這。」聖軒回答。

張大發不耐煩的嘆口氣，又說：「我說放學了你不回家，在這裡幹嘛？」

「沒幹嘛，看你打球啊！」

「你怎麼知道我今天會來打球？」

「不知道。」

「那你是在胡說八道什麼？」

經過一番雞同鴨講後，兩人最後笑了出來。

「為什麼我們每次一定都要鬥嘴？」聖軒說。

「因為你沒禮貌。」張大發冷冷的說。

看到聖軒沒有反應，張大發接著說：「既然你沒事，要不要陪我練習？」

「好啊！」

聖軒心想，反正他也不想那麼早回家寫罰寫，等會兒爸爸看到聯絡簿，一定又會大罵他一頓的。

他先教張大發拿球拍的方法、使力時身體的重心等等訣竅。

「像你剛剛啊！都是在用手腕用力，這樣很容易受傷，你要用手臂的力量，這樣球才會又高又遠。」他一步步的示範給張大發看。

「喔！手腕很重耶！」張大發大叫一聲，抱怨著說。

「我就說你重心擺錯地方了啊！」聖軒搖搖頭苦笑。

「沒想到網球也是門學問。」

「其實我覺得你打得不錯了，不太會漏接球，只要多注意重心跟出力的方式就好了。」

「那當然。」張大發自誇的傲氣又跑出來了。

「快點啦！繼續。」聖軒不理會他的吹噓，催促他繼續練習。

兩人就在球場旁邊「體育器材室」的門外，對著牆壁一起練習，沒發現天色已經慢慢變黑，等他們回過神來，才發現三個小時過去了。

「天啊！九點了！」聖軒錯愕得不知所措。

「我的罰寫一個字都沒寫！」

「我爸會把我罵死！」

「手機呢！要趕快打電話！」

他慌慌張張的坐在輪椅上滑來滑去。

一旁的張大發見狀後說：「你打個電話跟家裡說一聲，我的祕書等一下會來接我，就順道送你回去吧！」

只見聖軒拿起電話，一講就是十分鐘，張大發不懂，不是已經要回家了，為什

麼還要跟家人報告那麼多？

「唉唷！我媽說我爸氣死了。我覺得我完了，罰寫也沒寫，明天應該就會變加倍了……」聖軒垂頭喪氣的對張大發說。

「囉哩囉嗦講那麼多，走了啦！車來了。」

林瑋婷將車子停在校門口，下車後趕緊過來攙扶張大發，等他入座後，她接著想來幫助聖軒。

「不用，我自己來就好了。」他對林瑋婷點點頭說。

上車後，張大發問聖軒：「你父母看起來挺關心你的？」

聖軒納悶的說：「父母不都這樣嗎？」

「那可不一定。」

張大發這句話將車內的氣氛突然降至冰點，沒有人知道下句話該說什麼。

「鈴——鈴——鈴——」

就在這時候，聖軒的手機適時的響起，打破一片寧靜。

「喂！嘉燦喔！怎麼了？」

「什麼！欣珮醒了喔！太好了。她還好嗎？有沒有什麼大礙？」

聖軒顯得越來越高興，不由自主的拍手叫好，忘記車上還有張大發和林瑋婷。

「沒事就好，你幫我跟她說，我明天下課再去看她喔！」他露出了如釋重負的表情，終於鬆了一口氣。

「我，睡覺？沒有啦！我還沒到家勒，哈哈哈！」

「不不不是啦！說來話長，改天再說。叫欣珮多休息喔！再見。」聖軒滿足的掛上電話。

「怎麼樣，那女孩沒事啦？」張大發問。

「對啊！你怎麼知道？」聖軒懷疑的看著他問。

「你在車上講那麼大聲，不想知道也難吧！」

「你家快到了，準備下車吧！」張大發的話，才讓聖軒想到回家還要面臨的一切。

車一開到聖軒家樓下，就看見爸爸媽媽在樓下等著。

「你這臭小子，晚回家不會打電話嗎？電話還不接，你知道我們差點急到跑去

報警嗎？大家都以為你發生什麼意外了？」劉司宇看到兒子，立刻就是一連串的責備。

「對不起嘛……」聖軒無辜的說。

這時，張大發跳了出來，他表示是他要求聖軒陪他打球，兩人太盡興才忘了時間，請劉司宇不要太責怪他。

聖軒訝異的看著張大發，他沒想到他竟然會為他說話。

「劉先生，時間晚了，有什麼事明天再說吧！」

張大發禮貌的態度，讓劉司宇難以置信，眼前這個男人竟是兒子不久前口中那個「囂張跋扈」的企業家。

「真是不好意思，給您添麻煩了。」陳心薇也跳出來說話了。

眾人又問候了幾句，張大發說：「我先走了，明天還要開會，你們也早點休息吧！」

「好好，真的謝謝您的幫忙，還送聖軒回來。」劉司宇與張大發握握手，表達感謝之意。

這天晚上，聖軒和張大發看到了彼此不一樣的另一面，對雙方的看法也有了初步的改觀；尤其是聖軒，他對張大發跳出來為他說話感到十分不可思議。

他想到張大發的那句話：「那可不一定。」

「這句話是什麼意思呢？他的父母會對他不好嗎？」

聖軒一邊思索著這個問題，不知不覺的進入了夢鄉。

夢裡，他愉快的打著網球，與隊友非常有默契的打敗每個對手，當隊友轉過頭來對他比出勝利手勢時，出現的，正是張大發的臉。

*

同一時間，張大發手中拿著一張照片，黑白的照片泛黃，可以看出是一個有氣質的婦人抱著一個看起來剛滿周歲的孩子。

「我想，我知道我為什麼在這裡了。」張大發心想。

於是張大發關上燈，安心的睡去。

07
志氣

欣珮醒來後，看到趴在自己身旁的嘉燦，還搞不清楚發生了什麼事，再看看手上插的管子，才慢慢想起從樓梯上摔下來的事。

她摸摸包著紗布的額頭，然後輕聲驚呼：「好痛！」

這一聲，也喚醒了半睡半醒中的嘉燦。

「妳醒來了啊！」

「是啊！」

「我好像睡得有點久。」

「沒關係，醒來就好。」

「多久了？」

「不多，三天而已。」

「那不就整個週末都浪費掉了。」

「那等妳好起來之後，我陪妳一起打回來。」

「你說的哦！一言為定！」

「再休息一下吧！我會在妳旁邊陪著妳。」

「不要，我怕我又醒不來。」

「絕對不會的。」

「為什麼？」

「因為我會等妳。」

嘉燦拉起她的手，輕輕的說：「妳願意讓我成為妳的腳嗎？」

欣珮頓時熱淚盈眶，隨即微笑說：「那你願意讓我成為你的手嗎？」

此時無聲勝有聲。兩個同樣因為事故而失去手腳的人，在這一刻了解了何謂惺惺相惜。

欣珮感到有股溫暖的電流竄進身體，她多希望時間就此凝結住。於是，她安心的帶點不捨閉上眼睛。一旁的嘉燦，也緊緊握住她的手。

兩顆心，在此時緊緊的靠在一起了。

*

「喂!你們兩個好噁心喔！」聖軒略帶著曖昧的眼神，看著欣珮和嘉燦。

「劉聖軒，你最好給我安分一點哦！」嘉燦害羞得臉都紅了。

「吼！你們是怎麼開始的！好想知道喔！」聖軒故意表現出扭扭捏捏的姿態，不時還用兩手食指互相觸碰。

「你再講我把你趕出去喔！」嘉燦作勢要打他。

「欣珮，妳看妳男朋友啦！現在有妳就忘了我這個兄弟了。」看到嘉燦完全不知所措的樣子，聖軒被逗樂了。

兩人你一句、我一句的沒完沒了。

欣珮哈哈大笑：「這是你們兩個兄弟的事，我可管不著。」

此時，護士走了進來，她將欣珮從床上攙扶起來，在輪椅上坐好，準備去給醫生檢查還有沒有大礙，沒問題的話，三天後就能回家了。但是避免舊傷復發，醫生規定她一個月不可以打網球。

「等會見啊！不要等我回來後你們就把我的病床拆了。」說完，護士便推著她離開了病房。

「好啦！其實我是因為很高興才會這樣。」聖軒說。

「真的嗎？你的表現真的很欠打。」嘉燦直接的回應。

「那是因為太令人不敢置信了。」

「會嗎？」

「我以為你們只是很好很好的朋友而已。」

嘉燦聽了微微一笑，然後說：「我本來也這麼以為。」

「當我聽到她從樓梯摔下來的時候，我顧不得手邊的工作，馬上向老闆請假直奔醫院。欣珮媽媽看到我時，一把鼻涕一把眼淚的告訴我事情發生的經過。」

原來那天，正當欣珮準備出門打網球時，家門才一關上，袋子裡的網球就突然掉了出來，她為了撿那顆球，一個不小心，就摔了下去，頭還撞到樓梯旁的欄杆。

「我看到她被送到急診室時，滿頭的血。」

嘉燦現在回想起來依然心有餘悸。

「天啊！這麼嚴重。」聖軒不敢相信的說。

「後來，我本來也打算待在醫院陪她媽媽等她醒過來，但是仔細想想，如果我在醫院耗了一天，等她醒來後她一定會責怪我幹嘛為了她不好好練球。」嘉燦說。

「對啊！欣珮的個性那麼倔強，她不會同意我們為了她而放棄任何一次練習的機會。」聖軒表示認同。

嘉燦點點頭說：「所以，我硬著頭皮去了。然後被你看到我那副蠢模樣。」

「哈哈哈！那有什麼關係，你打球打到一半口水流出來我都看過了，沒差這一次。」聖軒故意調侃的說。

「你實在是……」

「好啦！總之真的恭喜你們了，有情人終成眷屬。」

嘉燦聳聳肩說：「那就謝謝你囉！」

「那你們這星期會去球場嗎？」聖軒問。

「當然會啊！聯誼賽就要到了，這次一定要打敗那個蘇啟仁。欣珮雖然不能上場，但她說她會好好的為我們加油的。」嘉燦回答。

「說到那個蘇啟仁，真的是可惡至極！」

「連張大發都比他好。」聖軒忿忿不平的說。

「對喔！後來你跟那大叔怎麼了？我都忘記這回事了。」嘉燦有些慚愧的問。

「這說來話長啦！星期六再跟你說。」聖軒說。

「好吧！你要不要回家了啊！不是還要罰寫。」嘉燦看看手錶，提醒著他。

他突然想起還有這一回事，接著說：「對喔！罰寫！」然後，急忙拿起書包，拍拍嘉燦的背說：「老兄，我先走囉！」

「不送了。」

「記得幫我跟欣珮說一聲。」

「知道了。」

聖軒以最快的速度飛奔回家。

前一晚經過張大發的解釋，讓劉司宇也沒有再對兒子說教了，還親自寫聯絡簿跟牛永福老師道歉，請他寬延聖軒的罰寫一天。

「我以後絕對不會再把孔子跟莊子搞混了。」聖軒心裡想著。

*

四月的早晨，還帶著些微涼，太陽漸漸越來越早升起。

這個星期六，輪椅網球社團，比平常早了兩個小時集合，為的就是準備下一週的聯誼賽。雖然這類型的比賽，嚴格來說並不算正規的國家賽事，但是和其他選手對打並取得勝利，還是對聖軒他們來說具有很大的吸引力。

「大家早安！」陳嘉全教練率先有精神的對大家問早。

「早……」聲音此起彼落，想必許多人都還沒睡飽。

放棄了假日睡到飽的機會，這個星期六早晨，球場顯得特別熱鬧。

「正如各位所知，下一週就是與南區的聯誼賽。去年我們北區協會不幸輸給了他們，今年我們絕對要取得勝利。」教練一字一句的鼓勵著隊員。

全國的輪椅網球協會，依地區性簡單分為北、中、南、東四大本營，其中以陳嘉全帶領的北區以及在台南駐點的南區最為優秀。

「比賽那天，有記者來採訪，請大家抱持平常心，不要因為有他們在就緊張，或是想要突顯自己。」教練告誡著大家。

張大發對旁邊的聖軒說：「記者對我來說沒什麼大不了，一天到晚都有記者來問我怎麼玩股票呢！」

「那是你，你想想一台台攝影機對著你東拍西拍，光用想的就很緊張了。」聖軒說。

這時，王立雯也跳出來說話了。

「參加的隊員若是未滿半年，則全部分到基礎隊，由我帶著大家特訓。」

「不會吧！我才沒打幾次就要上場了？」張大發發出哀嚎的聲音。

「發哥不用擔心，基礎隊的比賽很溫和，不像我們都要展開一陣大廝殺。」王嘉燦出現了，一旁是剛出院的欣珮。

「喔！原來是小情侶來了。」張大發這麼一說，其他隊員全都以驚訝的表情看著他們兩個。

欣珮紅著臉尷尬的說：「我因為出了點意外，今年無法跟大家一起打聯誼賽，但我每天都會來看大家練習，為你們加油打氣的。」

「真的嗎？」

「不是來看我們吧？」

「妳確定？」

眾人發出了一句句調侃的話語，讓嘉燦與欣珮真想挖個洞鑽進去。

「不要鬧了！」陳嘉全趕緊跳出來。

「那是人家的事情，大家只管好好練習就是了。」王立雯也說。

「好，現在開始分組。」

「嘉燦在高等組、聖軒原先在中等組但因欣珮無法上場，改到高等組。」

「發哥和加入未滿半年的選手則由立雯教練另外做訓練。」

教練簡單說了一下分組的狀況。

「好，我們原地解散，開始練習！」口哨聲一吹，大夥立刻解散往球場的定位奔去。

對於今年被調到高等組，聖軒感到既緊張又興奮，很開心終於有機會可以跟那些「優質選手」較勁，卻又怕表現不好而拖累了球隊。

「聖軒加油喔！」當他經過坐在榕樹下的欣珮旁邊時，欣珮露出陽光般的笑容鼓勵著他。

聖軒豎起大拇指說：「沒問題。」

另一頭的張大發，他的隊友是一個也才剛加入一個月的貴婦——吳敏智。

瞧她一身珠光寶氣的樣子，看起來就是一個不食人間煙火的人。兩人才剛做完熱身，吳敏智馬上滑到張大發身旁與他說話。

「唉唷！這不是張大老闆嗎？可真巧呢！」吳敏智的打招呼方式，讓張大發的頭皮發麻。

「嗯！」他冷漠的回應。

「要是我先生知道我能有幸和你一起打球，他會羨慕死的。」吳敏智說。

張大發勉強的露出微笑，可想而知，吳敏智的先生應該也是某個企業家，不過他老是記不住這些人的名字。還好就在這時候，王立雯出現解救了他。

「發哥、敏智姐，麻煩你們一人到球場的一邊，試著發球、接球看看。」

「記住，不要用手腕的力量，既容易受傷球也打不遠。」

「球落地時，可以彈兩下再打回去。」王立雯解釋著。

這時，欣珮滑過來張大發旁邊說：「嗨！發哥加油喔！」

張大發嚇了一跳，他驚訝的回答：「謝謝。」

只見欣珮推著輪椅，去鼓勵每個球員。

他原本以為，他之前的傲氣一定影響了球隊的人對他的看法，沒想到除了聖軒之外，竟還有其他人願意鼓勵他，瞬間他有一種感動的心情油然而生。看著欣珮，頭上雖然還纏著紗布，卻還是跑來球場為大家加油，把心中正面的能量傳遞出來。

「發哥加油！」這次是嘉燦，他站在與張大發同一邊的球場，向他豎起了一個大拇指，說完就發球給對面的聖軒。

聖軒把球打回來後，也微笑對著張大發揮揮手。

張大發不敢相信眼前的一切。以往人家跟他說話，不外乎就是希望能從他身上挖到好處，才不得已誇他、褒揚他，但是這一次，他們是真真切切的為他好、為他加油。這種再簡單不過的平凡事，對張大發來說，感受卻是那麼的深刻。有多久沒有人以真心對他說過話？今天他終於遇見了。

「好，敏智姐，請發球吧！」王立雯的聲音將張大發拉回了現實。

此時，他的眼眶泛著即將滴下來眼淚，他輕輕的閉上雙眼，然後，奮力一揮。

他的第一球，打得真是完美。

08
聯誼賽

接下來一個禮拜，球隊展開了密集的練習。

每一天晚上都有排練，聖軒下課後就立刻到了球場，回家再繼續寫作業。

學校的導師牛永福和好友李茂，紛紛告訴聖軒，比賽當天他們都會到場為他加油的。

聖軒也乖乖的在星期一一大早，將罰寫將給牛魔王。這是他熬夜寫出來的，如果一直卡一件事在身上，那他就會沒有辦法好好打網球。

「嗯！很好，以後上課請不要再亂回答問題了。記得星期六的比賽要好好加油，平常心，知道嗎？」老師窩心的叮嚀，讓聖軒覺得他忽然變成的來自天堂的天使，而不是地獄的牛魔王。

老師也在上課的時候，告訴全班同學聖軒要參加全國輪椅網球聯誼賽這件事，請假日有空的同學，到球場一起為他們加油打氣。

有好友和老師的鼓勵下，讓聖軒感到十分的感動。

當天晚上練習的時候，他比平常拿出多了好幾倍的精神，也鼓舞著其他球員。

「哇，你今天很猛耶！」說話的是張大發的夥伴吳敏智。

「喔……謝謝。」他難為情的微笑以對。

「小小年紀就打得那麼好真是不容易啊！」

「謝謝，但是我要繼續……」

聖軒話還沒說完，吳敏智又接著說下去。

「發哥怎麼到現在還沒來啊？我等他等很久了呢！」她一邊說一邊用右手衣服袖子，擦一擦左手無名指的紅寶石鑽戒。

看到她那副雍容華貴的樣子，讓聖軒暗地替張大發感到難過，第一次搭配就配到一個看似很難搞的老貴婦，不過聽立雯教練說，她好像打得還算不錯。

這時，只見教練坐在輪椅上，快速的往他們這邊滑了過來，身旁還有一個看起來很年輕的女孩子。

「來，跟你們介紹一下！這位是今年剛從台北體育學院畢業的黃佳容，以後會陪著大家一起練習。」陳嘉全開心的向他們介紹這位很有活力的女孩子。

「Hello，以後叫我佳容就好了，請多多指教唷！」

她熱情的對他們笑著，然後就和教練一起離開，去「拜訪」其中的球員。

「年輕真好！」吳敏智露出羨慕的表情說。

正當聖軒不曉得該如何回應時，張大發適時的出現了。

「我來晚了，吳大姐真是對不住。我臨時有個會要開，所以延誤了。」張大發急躁的說。

「沒關係啦！剛才我也在跟這個小朋友聊天。」她用手指比著一旁的聖軒。

張大發對聖軒眨了眨眼睛，好像在說：「真是辛苦你了。」

然後，雙方退開各自回到定位練習。

聖軒感覺，現在所有的事情都很美好，所有壞脾氣的人漸漸變好、球隊也越來越穩固，還有那麼多的同學、親友們都為對他信心滿滿，就算聯誼賽輸了，他還是得到了許多珍貴的寶藏。

＊

終於，到了聯誼賽當天，今年地點是在台北體院的體育館內。

聖軒起了個大早，他什麼東西都吃不下，就連平常就喜歡的熱巧克力也喝不下去。

「你多多少少吃一點吧！不然等等怎麼有力氣比賽。」媽媽叮嚀著他。

他勉強的塞了一塊吐司喝了幾口熱巧克力。

同一時間，在家裡看著外勞Lisa擺了一整豐盛早餐，張大發一樣沒有胃口。

「撈版，你邀不邀趕快吃，灰冷掉不好吃。」Lisa用進步了不少的國語對張大發說。

「知道了，妳先去旁邊。」張大發心浮氣躁的說。

雖然他才剛加入球隊，但他感覺到這個比賽對他們來說意義重大，他可不想因為自己的原因，害大家輸了比賽，而自己卻成為害群之馬。

在不知不覺中，原本自傲的他，也逐漸和整個球隊融為一體了。

上午九點半，各球隊慢慢的進場，聖軒一夥人坐在球場的另一邊，遠遠的就看到那個「雞冠頭」——蘇啟仁。

說到蘇啟仁，雖然是南區的球員，但北區球隊的隊員沒有一個不認識他。幾年前他是北區球隊裡閃亮的一顆星，還經常受到報章雜誌大幅的報導，曾經還入選過國家的代表隊。

沒想到，也因如此他變得越來越自負，開始對球隊嫌東嫌西，甚至最後還不聽教練對他的指導，我行我素。

在一次例行的練習後，當晚他跟教練說他要到南區去打球，到那裡他可以自己當老大，不要再聽其他人的使喚。

不過現在看來，他還只是個球員，率先帶隊的還是那個聖軒叫不出名字的「灰髮伯伯」。

「那是什麼難看的頭髮？」嘉燦對聖軒說。

「他大概覺得自己是貝克漢吧！」聖軒嗤之以鼻的說。

「拜託，我們是打網球不是踢足球好嗎？」嘉燦一邊說一邊翻白眼。

「不是很棒，說要當老大，現在還不是只是球員而已。」平常不許他們亂罵人的欣珮，也終於受不了跟著一起罵。

「你們都不要說了。」

「趕快想想等等的比賽，別說那些有的沒的」。」陳嘉全突然出現在他們身後冷冷的說。

對陳嘉全和王立雯來說，蘇啟仁的離開對他們的傷害很大。不是因為球隊少了一個強者，而是彼此累積多年的感情，竟會那麼容易的就被摧毀掉。

聖軒他們看見教練冷淡的模樣，便立刻安靜下來。

「今年我們一定要將他打倒！」嘉燦湊近聖軒的耳朵，輕聲的說。

「沒問題！」聖軒用唇語回應。

四隊各就各位後，由主辦方幾位長官講幾句例行的話後，所有選手便會到後面的休息室做準備，換衣服、卸下義肢等。

「來，大家過來一下。」陳嘉全把參賽的隊友喚了過來。

「用平常心去打就可以了！加油！」大夥們把手疊在一起互相喊話。

前面三局是基礎隊的比賽，賽事內容較平淡、溫和。

由於考量選手剛打不久的緣故，比賽就是雙方互相傳接球，漏接球對方就得分，很簡單的比賽方法。

張大發和吳敏智兩人被排在第三局，對上東區的選手，兩個看起來像是夫妻的中年人。

「發哥，我們應該不用太擔心。」吳敏智說。

「我想也是。」張大發總算認同的回應她。

這時，聖軒、嘉燦與欣珮過來，拍拍兩人的肩膀，要他們不用緊張。

「反正，記住『球來就打』的原則，不用太害怕。」欣珮說。

「對啊！就當作平常在練習就好了。」嘉燦補充道。

聖軒點點頭說：「而且說真的，發哥的發球還真不錯耶！應該跟他名字有個『發』字有很大的關係。」

「我聽你在鬼扯。」張大發無奈的說。

就在此時，前面兩局比賽結束了。

北區分別取得一勝一負，因此基礎隊的成敗，頓時落在張大發與吳敏智兩個人的身上。

新來的教練助理黃佳容，跑過來請兩人可以準備上場了。

聖軒在後面大喊：「加油！」

張大發回過頭來，向他點點頭後往球場過去。

一到球場上，眾人的歡呼聲讓張大發感到格外的緊張，他轉頭看看旁邊的吳敏智，也緊張的向大家揮手問好。

「各就各位，東區選手請發球！」

裁判哨子聲一下，對方馬上發球過來。

張大發還沒回過神來，球就掉在地上了。

「十五比零。」裁判說。

「發哥，不要發呆啊！」吳敏智大聲的朝他這邊說。

「可別小看我了！」張大發使出全身的力量，發出了一顆漂亮的球。

「十五比十五。」裁判又說。

雙方實力不相上下，正當最後關頭的時候，只見吳敏智的身體似乎越來越虛弱，氣喘噓噓。

張大發感覺不妙，奮力的去接每一顆球。

「發哥加油！發哥加油！」現場傳來陣陣的打氣聲，張大發分不清楚這是誰的聲音，他只需要好好的把每一顆球打回去就好了。

這時，他忽然想到了他母親，在他小時候最常對他說的一句話：「你要記得，你永遠是阿母的驕傲。」

於是，他奮力一揮，這時全場響起了歡呼聲。

基礎隊由北區順利拿到冠軍。

「幹得好啊！漂亮！」聖軒等人衝進球場圍著張大發和吳敏智。

原本氣喘如牛的吳敏智，也慢慢露出笑容。

但開心不久，馬上就要換聖軒與嘉燦上場了。

很剛好的，對上了死對頭蘇啟仁和他的搭檔。

「前面兩場的基礎隊與中等隊，分別由北區及南區獲得勝利，現在兩隊要派出各隊的頂尖對手，來參加高等賽。」裁判宣讀著前面的結果，接著請高等隊的隊員開始準備。

「走吧！我們好好去廝殺一場！」嘉燦奮力的對聖軒說。

「好！」聖軒簡短有力的回答。

當他們走出休息室時，聖軒遠遠的看到一個大旗子，上面寫著：「九年一班劉聖軒，加油、加油、加油！」

他知道那一定是李茂做的，他和牛永福老師以及班上的幾位同學，正朝向他揮揮手，他對他們點點頭。

對面的蘇啟仁，那副屌兒啷噹一邊嚼口香糖的樣子，看了真令人厭惡。

這次的網球比賽只打一盤總共有六局，首先贏得六局的人，就可得到勝利。

如果分數達到三比三時，將會進入「搶七」的局勢，無論如何都一定要分出勝負。

「各就各位，預備！」裁判的哨子聲吹出，比賽開始。

裁判一聲令下，蘇啟仁立刻用力的發球過來，觀看比賽的觀眾發出一聲驚呼。

嘉燦不甘示弱的打回去。

「怎麼又是你啊！獨臂王子！」蘇啟仁在對面露出嘲諷的表情。

「可惡。」

聖軒實在忍無可忍，氣得差點過去海扁他。

接連兩球，因為蘇啟仁的話，嘉燦變得有點失常，連續漏接兩個球。

「三十比零。」裁判宣布目前比賽的分數。

對面的蘇啟仁哈哈大笑，聖軒感到後頭整個球隊的憤憤不平。

「這個王八蛋！」聖軒在心中吶喊，用力的將球拋向天空，使出全身的力量與氣憤，用力一揮。

蘇啟仁的隊友立刻衝過去，可惜已經來不及了。

「三十比十五。」裁判說。

聖軒趁機滑到嘉燦旁邊，輕聲說：「我前，你後！」

嘉燦點點頭，立刻往後頭滑過去。

交換位子後，兩人配合極佳，又追回了一分。

「三十比三十。」

「哈哈哈！看來獨臂王子和今年剛出來的毛頭小鬼不可以小看呢！」蘇啟仁目中無人的大聲咆嘯。

不只在比賽中的兩個，後方休息室的每個球員，都恨不得出來狠狠的揍那個

「雞冠頭」一頓。

蘇啟仁看見他們越生氣，他就越高興，立刻又殺球過去。

「四十比三十。」

現場又傳來一陣歡呼。

聖軒感覺全身的血液都在沸騰，看著眼前即將飛過來的一顆球，他用腰加上手臂的力量，大大的扭轉一下，殺出了一記漂亮的殺球。打出去後，人順時鐘繞了好大一圈。

「四十比四十。」

之後，雙方一直僵持著這個分數，分不出輸贏，誰也不肯認輸。

突然間，蘇啟仁朝著坐在球場一旁的陳嘉全教練揮手，聖軒快速的轉過頭看，沒想到就漏接了。

「嗶！」

第一局的比賽由南區獲勝。

「可惡！誰會在比賽中亂跟別人揮手？」聖軒氣得心跳加快。

接下來，由於兩人氣憤的情緒，導致第二局也輸掉了。

陳嘉全眼看這樣不行，馬上上場要求暫停。

「你們兩個，靜下心來。」

「管他做什麼？我根本沒在理他的，不要再受到他的影響了。」他嚴厲的說。

兩人深呼吸，繼續比賽。

首先是嘉燦的一記殺球，又快又漂亮，讓蘇啟仁的隊友來不及接。

「十五比零。」

這回兩人並沒有歡呼，全身的血液正在沸騰，準備迎接對手的另一顆球。

「三十比零。」聖軒的快速直球，也把對方逐漸逼退。

「四十比零。」後頭的嘉燦，也補上了一記快速球。

不久後，裁判宣布：「第三局由北區獲勝。」

聖軒和嘉燦的耳裡，聽不見任何聲音，他們心裡現在只有比賽而已。

狀況良好的兩人，在有默契的戰略下，又拿下了一局勝利，目前比數是二比二。

「也太緊張了吧！」張大發緊張的在旁邊，拍拍手腳。

比賽局數進入到五比五，南區教練喊了暫停，將蘇啟仁的隊友換掉，上場的是一個看起來跟嘉燦年紀差不多的「壯漢」。

這個壯漢的確十分有力，發球很難接到。

聖軒他們就連續漏接了三顆球，局數變成了六比五，南區領先。

如果下一局再輸的話，那麼北區今年聯誼賽又會輸給南區了，一想到這，聖軒和嘉燦就非常不甘心。

「聖軒，加油！」

嘉燦用力的拍了拍聖軒的肩膀，然後回到後方。

兩人現在是火力全開，拚了命去接那個壯漢的發球。

總算在第三球時接到了。

球一接到手，嘉燦立刻使出全力，打回了一個快速球，狠狠的落在對面的場地上。

「四十比十五。」

聽到分數出現了，兩人有更加奮力的打，在聖軒一記直球上，辛苦的拿下這局的勝利。

「兩邊分數是六比六，進入搶七加賽局。」裁判說道。

蘇啟仁似乎也感到對手大幅進步了，一點都不敢鬆懈，顯出汗流浹背的樣子，擺好架式。

第七局就在緊張的氣氛下展開了，然而誰也不肯讓誰，蘇啟仁對對手的大幅進步感到非常訝異，完全不敢掉眼輕心。雙方依然一來一往的對決，就在這時，蘇啟仁一記致命的殺球，終止了比賽。

「今年，高等隊第一名是南區！恭喜！」聽到裁判的命令，兩隊四人馬上手一鬆，喘噓噓看著對方人馬。

「今年我贏得特別辛苦，但終究還是我贏了，哈哈哈！」蘇啟仁帶著高傲的姿態對聖軒和嘉燦說。

當他們握手時，可以感受到彼此強大的力量。

這次，聖軒和嘉燦並沒有感到特別難過，他們知道自己的實力和去年不一樣了，要是加倍練習，要打敗蘇啟仁一定沒有問題。

「要是我上去，他肯定會嚇到尿褲子。」

欣珮做出拳打腳踢的樣子。

當晚球隊舉辦的慶功宴，大家齊聚一堂分享今天的勝利。

「大家今天都表現得很好！來，一起舉杯！」教練開心的吆喝。

「不管是嘉燦和聖軒，還有發哥和敏智姐，大家都非常的努力呢！」王立雯也興奮的說。

「哈哈哈哈哈，你們太誇獎我了！」張大發豪邁的笑著。

「發哥後來撐住全場耶！」欣珮樂得拍手叫好。

而助理教練黃佳容，看到了大家如此同心協力的樣子，也深感佩服。

「沒想到你真的像『傳說中』那麼厲害耶！挺不賴的。」張大發對坐在旁邊的聖軒說。

「還好啦！我又沒贏！」聖軒有點懊惱的回應。

「但是還是很厲害啊！」張大發說。

「看到發哥說出這樣的話，還真不敢相信耶！」立雯突如其來的一句話，讓大夥哈哈大笑。

「拜……拜託，我人本來就很好。」張大發不好意思的繼續吃東西。

聖軒和嘉燦兩人也都笑咪咪的，只是心中仍有不甘，感覺一定要贏才可以真正的高興。

他們心中各自發誓，年底的全國賽，一定要贏回來。

09
最棒的禮物

發。

張大發自從加入了輪椅網球團隊後，身邊的人各個都說他氣色變好了，容光煥發。

「瑋婷啊！過來。」張大發在辦公室打電話叫祕書進來。

「董事長，您有什麼吩咐呢？」瑋婷問。

「我在想說聖軒的生日快到了，也該準備一個禮物給他。」張大發毫無頭緒的說。

「您……您是說，之前和您打架的那個小男生嗎？」

「就是那個，我們有送他回家的男生。」瑋婷驚訝的問。

「對啊！不然是誰。妳幹嘛露出那種不可思議的表情啊？」張大發怪異的看著自己的祕書。

「喔……原來你們那麼好。」瑋婷說。

「妳不要廢話一大堆了，快去幫我調查一下十五歲的男孩最想要的禮物會是什麼！」張大發揮一揮手，叫林瑋婷趕緊去找。

「問一下也不行。」

瑋婷離開辦公室後，吐吐舌頭，然後離去。

＊

聯誼賽過後，輪椅網球團隊又恢復了以往「由舊人帶新人」的模式。

張大發繼續跟聖軒搭配，而他的搭檔貴婦吳敏智，則由助理黃佳容特別訓練，欣珮和嘉燦，也分別出來帶新人。

大家的感情變得越來越好、越來越穩固。

「啊！」張大發突然大叫一聲，甩開手上的球拍，癱在輪椅上。

原本在對面跟他對打的聖軒，緊張的跑過來。

「發哥，怎麼了嗎？」聖軒擔憂的問。

只見張大發漸漸將低下的頭抬起來，看著聖軒，露出痛苦的神情。

「我……的手……」他咬著牙說。

聖軒當下恍然大悟：「我不是說過好幾百遍了……」

「不要用手腕的力量！」在聖軒話還來不及說出口時，張大發立刻接話。

「你這樣很容易受傷，喔不，你『現在』就已經受傷了。」聖軒對他翻了翻白眼說。

「那你到底要不要幫我？我快要痛死了……」張大發有氣無力的說。

「對耶！」

「教練、教練，發哥扭到手了。」聖軒對著球場的另一邊大喊。

陳嘉全聽見後，立即從遠處滑過來，觀察張大發的傷勢。

「痛痛痛痛痛……啊！」在陳嘉全抓起他的手腕檢查時，張大發痛得哀哀叫。

「發哥，不好意思，麻煩你忍耐一下囉！」助理黃佳容不好意思的說。

於是，黃佳容拿起醫藥箱裡的繃帶，幫張大發先做個簡單的包紮。

「暫且如此，等等還是要去醫院看一下喔！」佳容幫他包紮完後，立刻提醒著他。

「那我今天不就都不能打球了？」張大發問。

「當然囉！你的手才剛受傷。」陳嘉全回答。

張大發氣惱得搖搖頭。

「好啦！休息個幾天就好了，下星期就可以打啦！」聖軒走過來安慰他。

「說的也是。」張大發聳聳肩回應。

「發哥，你為什麼會突然那麼喜歡打網球啊？我記得剛開始你很抗拒耶！」聖軒直截了當的問。

「不行嗎？」

「不是不行啦！只是很好奇啊！」

聖軒瞪大著眼睛看著他。

他們坐在樹下乘涼，夏天的微風輕輕吹過，吹散了一點點的炙熱感。

「我想要身體變好啊！好打敗那些想搶走我公司的人。」張大發說。

「還有嗎？」

「還有什麼？」

「你來打網球，應該還有其他原因吧？」聖軒故意表現出懷疑的樣子。

「你問那麼多幹嘛啦！」

「我想知道啊！快告訴我。」聖軒死纏爛打的追問下去。

「你又知道有其他原因了？」張大發也故作疑惑的看著他。

「應該是有吧！如果你想讓身體變健康，以前早就該出來運動了，何必等到現在。」

聖軒驕傲的面容看起來還真像一個小大人。

張大發嘆了口氣說：「這裡，是唯一可以讓我做自己的地方。」

聖軒聽得一頭霧水，好奇的問：「做自己？」

「每天，我都要面對不一樣的人。」張大發喝了一口水繼續說：「總裁、總經理、祕書、下屬、客戶，每個人我都要各用一張不同的臉去面對他們。」

「那不就像天天都戴著面具？」聖軒問。

「是啊！我有各式各樣的面具。」

「對他們，不能像我和你之間一樣，有話直接說嗎？」

「唉！臭小鬼！你以後就懂了。」

「這樣不是很辛苦嗎？」

「所以我喜歡來這裡，感覺可以找到我自己。」

那一剎那，聖軒感覺到張大發的臉上掛上了一絲絲的微笑，但就只有那麼一秒鐘。

「沒想到，打網球也蠻有趣的。」張大發豪邁的扭動身軀。

「你不要亂動啦！」聖軒在一旁警告。

「啊！痛！」

「我剛剛較警告你不要亂動了。」

「你講話真的很沒禮貌，父母沒教你要對長輩客氣點嗎？」

「可是，我又沒說錯。」

「你……」

兩人的一言一行在陳嘉全與王立雯的眼裡展露無疑，他們感動的看著對方。

「沒想到，聖軒那孩子真的做到了。」陳嘉全愉悅的說。

「他天生樂觀、開朗的個性，的確是感染到發哥了。」

「最近，他的臉上充滿快樂的神情。」王立雯說。

陳嘉全點點頭，接著說：「說真的，發哥的轉變讓我挺意外的，我一直以為他即使加入球隊，還是會保持著那股傲氣，讓人難親近，沒想到，現在卻和大家相處得還不錯。」

「不過……」王立雯突然表現出擔憂的態度。

「怎麼了？」她先生納悶的問。

「總覺得，發哥心裡有事。」

「什麼事啊？」

王立雯輕輕的搖頭說：「我說不上來。」

「哎呀！叫妳不要看那些電視劇就不聽，現在開始胡思亂想。」陳嘉全無奈的回應，似乎不覺得有疑慮的必要。

「也許真的是我想太多了吧！」王立雯自我安慰的在心裡這麼想著。

她看著聖軒與張大發的背影，然後喊道：「你們兩個，過來集合了！」

這對搭檔，還是不停的鬥嘴，你一句我一句的，說個沒完。

「好了啦！集合了耶！」

嘉燦滑向聖軒旁邊拍一下他的背，聖軒嚇得幾乎從輪椅上跳起來，讓眾人哈哈大笑。

「活該！」張大發幸災樂禍的說。

聖軒對他扮了一個難看的鬼臉。

＊

六月三十號，是聖軒的生日和畢業典禮，就那麼剛好的在同一天。

今年年底的全國大賽對聖軒來說非常重要，要是表現出色的話，他就有機會可以轉到明星學校的體育特殊班上課，對未來輪椅網球的發展，會有很大的幫助。

學校的好友李茂，則是希望可以考取公立高中，繼續升學。

「畢業之後，還會聯絡吧？」畢業前的一個星期，李茂這麼問聖軒。

「當然啦！我們不是朋友嗎？」聖軒充滿義氣的說。

「是啊！」李茂微笑，然後說：「你一定要成為奧運國手！」

「唉唷！還早呢！我這種三腳貓功夫還不夠厲害。」聖軒難為情的說。

「其實，我一直都很佩服你喔！」

這句話，讓聖軒呆住了。

李茂接著說：「聯誼賽那天，你的表現非常好，一點都沒有輸給一般的大人，你的實力，已經和他們不相上下了。」

「哎呀！那是因為他們沒有認真的跟我打啦！對他們來說，聯誼賽根本就不是重點。」聖軒回應。

「反正，我現在是你的頭號粉絲了。」

「畢業紀念冊我只給你簽名，過幾年後拿出來賣，肯定會賺大錢。」李茂開玩笑的說。

「哈哈哈！我以為你是個正經八百的人，沒想到還真會說笑。」聖軒笑著說。

「你要加油，絕對不能放棄！」

李茂用力的拍拍聖軒的背。

「你也是！」聖軒熱切的看著他。

畢業那天，爸爸媽媽、教練夫婦、嘉燦和欣珮全都到場了，唯獨不見張大發的影子。

別著紅色胸花的聖軒一看到他們，根本不顧台上的校長還在致詞，就推著輪椅往他們這邊過來。

「快回去！」爸爸劉司宇輕聲的說。

也許是因為人多勢眾的關係，這回聖軒並沒有聽爸爸的話，還是自顧自的滑過來。

媽媽拉著爸爸的衣服，跟他說：「沒有關係。」

首先是欣珮，給聖軒一個大大的擁抱說：「恭喜你喔！」

「沒想到你還可以畢業耶！」嘉燦故意學張大發說。

「怎麼樣，現在講話都是發哥的口吻喔！」

「說到這個，他人呢？」聖軒問。

「不知道，他有說他今天會過來的，真是奇怪。」陳嘉全也疑惑的說。

「請畢業生唱校歌！」台上司儀正在發號施令，準備放音樂。

「好了啦！你快回去。」王立雯催促著他。

「喔喔！好。」聖軒又快速的滑回去。

劉司宇和牛永福老師剛好對到眼，彼此朝對方點個頭。

他感覺，牛永福雖然看起來凶神惡煞，但其實是個很善良又熱心的老師，看到他的眼眶好像濕濕的，也感到一陣鼻酸。

「劉爸，別難過，聖軒只是畢業而已。」嘉燦關心的說。

「沒……沒事，只是鼻子癢癢的。」劉司宇尷尬的回答。

之後，畢業生唱著校歌、畢業歌和幾首祝福同學鵬程萬里的歌後，便各自找同學簽畢業紀念冊、互相合影留念。

聖軒興沖沖的過來，請輪椅網球的朋友們，也在他的畢業紀念冊上簽名。

「對了，生日快樂！」

欣珮從包包裡拿出一個小蛋糕。

「還有我們的。」

教練夫婦送的是一個護腕。

「還有，恭喜你，進今年的全國大賽了。欣珮、嘉燦也都會上場，發哥則是候補球員。」陳嘉全開心的宣布這件事。

「太好了！YA！」三個人一同歡呼叫好。

「真是太棒了，這真是最好的畢業和生日禮物。」聖軒笑得合不攏嘴，真想立刻告訴張大發這個消息。

當他拿起手機，正準備打電話時，卻看到林瑋婷急急忙忙的從他們這裡跑了過來，手上還拿著一個大包裹。

「聖……聖軒，生日……快樂……呼……」她喘噓噓的將手中的禮物交給了聖軒。

「謝謝！」

他興奮的收下包裹，然後馬上問：「發哥人呢？我有事想要告訴他。」

「發……發哥，喔不是！」瑋婷立刻改口：「他今天有事，所以沒辦法趕過來了，這……是他要送給你的禮物，呼……」

「妳怎麼喘成這樣，應該跟我們一起打網球鍛鍊一下才是。」欣珮對瑋婷說。

張大發缺席，讓聖軒覺得有些美中不足，他打開了手上的包裹，是一支全新的球拍，很多網球選手都用這支。

「哇！發哥大手筆耶！」嘉燦訝異的說。

「不要大呼小叫的！」欣珮先是制止嘉燦，接著馬上跟聖軒借球拍來看，當場試揮了起來。

聖軒沒什麼心情加入他們，他只想知道張大發為什麼沒有來，瑋婷也講得不明不白的。

「聖軒快過來看！」嘉燦呼喚著他。

聖軒吐了一口氣說：「不要給我弄壞喔！」

說完，立刻過去把球拍緊握在手中。

這時，大家都不知道，那顆未爆彈已在遠處，隨時準備爆發。

10
拼命苦練

「祝你生日快樂，祝你生日快樂……」

畢業典禮結束後，球隊的一行人和學校的好友李茂，都到聖軒家幫他慶祝、切蛋糕。

大夥吵吵鬧鬧的，連平常都很早睡的阿公，也跑出來和他們一起談天說笑。

「阿軒伊齁，揪乖啦！」阿公向大家這麼說，讓聖軒有點不好意思。

「聖軒，電話喔！」媽媽得用比平常放大兩倍的聲音跟他說話。

「喔好。」

他放下手上的可樂，以最快的速度「爬」去接電話。

對聖軒來說，在場的每一個人都像他的家人一樣，就算在他們的面前展現出最「真實」的自己，他也可以很自在。

「喂！」聖軒接起電話回應。

「嗨！是我。」電話那頭傳來張大發虛弱的聲音。

「你今天怎麼沒來？」

聖軒直截了當的問，表示不滿。

「瑋婷不是有說了嗎？我在開會啊！」他有氣無力的說。

「開那麼久啊？」

聖軒不肯善罷干休。

「小鬼，你知不知道我很忙啊！你也行行好。」他無奈的回答。

「好啦好啦！只是很希望你可以來啊！」

「有收到禮物了嗎？」

「有啊！謝囉！」聖軒愉快的說。

「這個禮物，還滿意吧？」

「很喜歡啊！」

「那就好。」

聖軒看了看在場的大家，嘉燦正在和李茂聊天，兩個人似乎挺合得來的，然後對張大發說：「現在大家都在我家耶！你要不要來？」

「不了，明天還有好大一個會要開。」張大發說。

「蛤！好吧……」聖軒失望的說。

「不說了，我先去休息。還有，畢業快樂、生日也快樂！」說完，張大發便掛斷電話，很像他平常的作風。

聖軒回到位子上後，欣珮問：「誰啊？」

「發哥啦！」聖軒生氣的說。

陳嘉全看到聖軒嘟著一張嘴，於是便問：「發生什麼事了嗎？」

「他今天一整天都沒出現，今天是我的大日子耶！」

「而且，還來不及跟他說，他被選為全國大賽候補球員的事情。」聖軒嘆了口氣，然後拿起桌上的蛋糕吃。

王立雯見聖軒如此失望的樣子，就說：「不要無精打采了，星期六不就能見面了。」

「他打電話給你，表示有把這件事放在心上。」李茂也開口說話了。

「不知道是誰，以前還常常說人家是糟老頭呢！」嘉燦故意說。

「對耶！現在為什麼變得那麼好啊？」欣珮也補了一句。

「知道了知道了，我這就不生氣，今天不應該生氣！」說完，聖軒拿起杯子，向大家致敬。

小小的公寓裡，在今晚充滿了笑聲，大家都度過了一個愉快的夜晚。

＊

畢業後，聖軒看著同學們認真的準備學力測驗，他更是覺得不可馬虎，每天都到球場報到，還常常遇到來值班的前班導牛永福。

「繼續加油啊！」這是牛永福每次看到聖軒說的第一句話。

「一定會。」他也總是很有信心的回應。

即便是星期六的例行練習，聖軒也不敢馬虎，比平常早了兩個小時來到球場，想說先熱身，練練發球。

當他一進到休息室，就看到張大發在裡面東翻西找的。

「發哥，你在做什麼？」他疑惑的問。

「看不出來嗎？我在找東西。」張大發不耐煩的回答。

聖軒看他似乎很急的樣子，就問：「要不要我幫你找？」

「好啊！是一條項鍊，墜子是圓形的可以打開。」張大發說。

聖軒開始在休息室裡走來走去，很快的便在網球堆裡面找到了。

「是不是這條？」聖軒拿在手上邊晃邊說。

「對對對，快給我！真是謝天謝地。」張大發露出如釋重負的表情。

「這是你很重要的東西嗎？」聖軒問。

「嗯！我母親給我的。」

只見張大發打開墜子，裡頭有一張老舊的黑白照片，邊緣也都泛黃了。

「可以借我看嗎？」聖軒怯怯的問。

「好啊！」張大發將鍊子遞給他。

照片中的女人看起來很年輕很清秀，感覺是個溫柔賢淑的女人，旁邊的男人則留著一個中規中矩的中分頭，還在襁褓中的嬰兒，應該就是張大發了。

「這是我們一家人唯一的合照。」張大發平淡的說。

聖軒感覺張大發好像不太想講這個話題，想說有機會再問他好了，於是便把項鍊還給他，然後問：「要不要一起去練球？」

由於時間還早，沒有其他的球員到場，廣大的球場就只有他們兩個。

「發哥！」聖軒在球場的另一邊大喊。

「怎樣？」張大發一邊問，一邊將迎面而來的球打回去。

「恭喜你進全國大賽的候補球員了！」聖軒說完，便用力的揮球拍，張大發一個沒注意，就沒接中了。

張大發沒想到，短短兩個月的練習，他竟可以進步得那麼神速，不僅前陣子參加聯誼賽，現在又可以當候補球員，這一切讓他難以置信，他覺得一定和陳嘉全與王立雯有關係。

他並沒有把心裡的疑惑告訴聖軒，只說：「是喔！」

天真的聖軒還以為他高興到說不出話了，也沒有再說些什麼。

十點一到，球員們各個到場，黃佳容則開始點名。

快速的點完名後，陳嘉全滿意的說：「這是今年開始打球以來，第一次全員到齊。」

大家一致的說：「真是太好了！」

「好，大家快各就各位去練習吧！」王立雯跳出來催促著大家。

趁著大夥進休息室更衣、熱身的同時，張大發滑到了在樹下寫紀錄表的陳嘉全旁邊，劈頭就問：「為什麼有我？」

陳嘉全一頭霧水的看著他：「哪裡有你？」

「全國賽，我憑什麼加入？」張大發追問。

話說出口，陳嘉全馬上恍然大悟，接著說：「你發球很強啊！所以才找你當候補。」

「真的是這樣嗎？」他半信半疑的問。

「當然。」陳嘉全語氣堅定的回答。

張大發嘆了口氣，然後說：「我才來三個多月而已，前陣子能打聯誼賽就已經很不錯了，現在又你們又排我當全國賽的候補球員，這樣哪對？會不會晉級的太快一點？」

「發哥，你真的想太多了，我們沒有這個意思。」陳嘉全連忙解釋。

「這不合常理啊！你們這樣其他人會覺得很不公平的。」他憤慨的表示。

「發哥，事情不是你想的樣子，那是因為……」

「發哥你快點來練習啊！」

陳嘉全話還來不及說完，遠處的聖軒便大聲的呼喚張大發過來打球。

張大發對他揮了揮手，然後說：「我是不會參加的。」

說完，就離開大樹下，朝聖軒的方向過去。

留下陳嘉全一人，呆若木雞的站在原地，眼眶似乎還泛著淚水。

*

晚上八點，黃佳容開心的提著大包小包從球場的另一頭出現。

「大家快過來，這是剛剛在旁邊運動的老伯伯請大家吃的便當，快來吃！」大夥一聽見有東西吃，馬上放下手邊的事，一個接一個的滑過來領取。

只有聖軒和嘉燦，正在進行一場你死我活的戰爭。

張大發和欣珮則在旁邊觀看，並幫自己的隊友加油。

目前已經進入第三局，聖軒贏一局、嘉燦贏兩局。

「臭小子，這局一定要給我贏！」張大發在一旁緊張得跳腳。

「我也想贏啊！就算對方是我的好朋友也一樣！」聖軒一邊使出拿手的直球一邊說。

黃佳容跑過來，對他們說：「過來吃飯了，你們現在是在浪費力氣，明天還要練習耶！」

「那至少讓我贏了第四局嘛！」聖軒氣喘噓噓的回答。

「不管你們四個了，等等自己過來拿便當。」佳容說完後，無奈的離去。

「三十比三十。」兩人陷入了暫時平手的局面。

聖軒卯起全力，迎接嘉燦的球。

正當他想奮力打回去時，球突然轉彎了，並落地。

「第四局，嘉燦獲勝！」欣珮立刻拍手叫好。

「那是怎麼回事啊？」聖軒驚訝的問嘉燦，忘了自己輸掉比賽的事。

嘉燦故意輕聲說：「這是我最近學到的新招，沒想到第一次就那麼成功。」

「阿燦，你拿我隊友做實驗喔！」張大發故意挑釁的說。

「沒辦法啊！為了全國賽，我什麼都要試試看，等等我就去找教練對打。」嘉燦信誓旦旦的說。

「到時候我們四個要一起加油，把冠軍抱回來！」欣珮笑嘻嘻的樣子，讓聖軒與嘉燦備感窩心。

張大發沉默了，他抬頭看看他們三個，然後平靜的說：「我不參加。」

三人目瞪口呆的看著他，異口同聲的問：「為什麼？」

「別問。」張大發嚴肅的回應。

他的反應讓他們三個不知所措，不曉得該如何接下一句。

「只是候補，又不一定會上場。」聖軒說話了。

張大發依舊沒有回應。

「是啊！這是個很棒的機會耶！」欣珮也說。

「我不能使用這個『機會』。」張大發強調的表示。

看到他那麼堅持，嘉燦和欣珮都覺得問不下去了。

「到底為什麼啊？總有個原因吧！」聖軒安靜一會兒後，又積極的問。

「我說別問了，我去吃飯。」說完，張大發滑著輪椅，故意去找吳敏智聊天吃便當，好讓聖軒他們不再追問他。

「究竟是怎麼回事啊？」欣珮納悶的說。

「他會不會有什麼苦衷啊？」嘉燦說。

「聖軒，你跟他最好了，你去問他。」欣珮對聖軒說。

聖軒搖搖頭說：「沒用的啦！妳看剛剛我問那麼多次了，他不是都說別問了嗎？」

「吼！不參加很可惜耶！」欣珮又說。

「但他不要，我們也沒辦法啊！」嘉燦無奈的表示，接著說：「走吧！吃飯。」

三人默默的向眾人的方向滑去，經過張大發時，聖軒感覺他刻意避開他們的眼神，假裝專心的聽吳敏智說話。

各式各樣的原因閃過聖軒的腦袋，但不管怎麼，他都想不出來到底是為什麼。他看著正在吃飯的張大發，猜測他的想法。

直到這刻，聖軒才發現，原來張大發還是有他不認識的一面。

11
消失

「到底是為什麼啦？」

「現在都已經八月了，十月就要比賽了，再不確定的話就真的不能參加了。」

當晚，教練載聖軒回家，他拼命的追問為什麼張大發不肯參加全國賽。

「我已經講過十次『我不知道』了。」陳嘉全無力的回答。

「立雯教練知道嗎？」聖軒不死心的問。

「他跟你那麼要好都沒告訴你了，你覺得我會知道嗎？」王立雯也有氣無力的說。

「那到底是為什麼啦？」

「這是一件好事，不是嗎？」

「好事為什麼不去做？」

聖軒問了自己很多這類的問題，但還是搞不清楚原因。

如果是這樣的話，那他敢保證，張大發肯定有事情瞞著他們。

「你不要強迫發哥了。」王立雯對聖軒說。

聖軒驚訝的看著她說：「蛤？怎麼這麼說？」

「他不想參加，一定有他的理由，一直逼迫他只會給他壓力而已。」王立雯冷靜的回應聖軒。

「話是沒錯啦！我只是很失望而已。」他垂頭喪氣的放鬆肩膀。

「過幾天我再跟他說說看吧！」陳嘉全說。

「真的嗎？」聽到教練這麼說，聖軒馬上睜大眼睛。

「我盡力試試看吧！像當初硬把他拉進球隊一樣。」

陳嘉全露出苦笑的表情。

回到家後，聖軒第一件事情就是癱在床上，最近密集的練習雖然很累，卻很充實，每天都能打球的感覺真是好。

「發哥到底是有什麼問題呢？為什麼都不肯說？」聖軒又陷入了反覆沉思的狀態。

「阿軒啊！趕緊去洗澡啊！」

這時，阿公在門外敲門喚著他。

「賀啦！」聖軒大聲的回應。

「那麼大聲衝啥啦！」阿公依舊國台語夾雜的說話。

「我怕你聽不見啊！」

「熊賀西啦！」

聖軒摸摸鼻子，將衣服整理好後，正準備打開門去洗澡時，手機正好在此刻響了起來。

「是簡訊！」

他將衣服丟在一邊，爬到書桌旁邊拿起包包，把手機拿出來。

「啊！是發哥傳來的。」

聖軒驚呼，便立刻打開簡訊。

「跟你打球的日子，是我這一生最快樂的時光，謝謝你。」

聖軒看完，心裡納悶著：「這話是什麼意思？」

於是他回覆：「謝什麼，我們是好朋友啊！」然後在簡訊後面加上一個笑臉，便發送出去。

「阿軒，哩那欸那麼慢，系勒做什麼？」外頭又傳來阿公的催促。

「聖軒快去，媽媽要洗衣服！」媽媽也跟著阿公一起說。

「好！」他大喊，心裡一邊高興著驕傲的張大發竟然會傳簡訊跟他道謝，真是不容易，明天晚上練習時，他一定要好好笑笑他。

*

在一處無人的海灘，有個男孩倒在海岸邊，浪花一次又一次的衝擊他的手臂，他慢慢睜開眼睛，被眼前的景象嚇呆了。

遼闊的沙灘，無邊無際。

跑了好久好久，前方的路卻還是沙灘，他找不到任何一處有人的地方，也不曉得自己身在何處。

「來人啊！誰來救救我啊！」聖軒朝著大海大聲呼喊。

除了陣陣的海浪聲外，沒有人回應他。他害怕的坐了下來，環顧四周，後方的一片樹林裡有一群色彩鮮艷的鳥兒飛出來。

「喂！你是誰啊？」

突然，聖軒的身後傳來一個粗魯的嗓音。

他開心的回頭，自己終於得救了，沒想到眼前竟是穿著破爛的張大發，手上還拎著一條活跳跳的魚。

「發哥！」他更加興奮的大叫。

「誰是發哥？」那人以懷疑的眼神看著他，接著比著岸邊的一艘船說：「那艘舊的給你用，反正新的已經快完成了，你趕快離開我的島上！」

聖軒停頓了一秒鐘，然後說：「不是吧！你應該要救我啊！」

「別鬧了，我趕著捕魚去，再見！」說完，這個貌似張大發的人便匆忙離去。

聖軒怎麼追也追不上，只能在後頭大喊：「發哥，等我啦！」

遠遠看著，張大發好像正背對他揮揮手，然後越走越快、越走越遠。

他突然有種感覺，好像再也見不到張大發一樣，看著他的背影，感到好心酸、好難過。

「奇怪，他為什麼可以走路？」

聖軒再看看自己的腳，又驚呼：「我也可以走路耶！還能跑！」

「發哥你看！」他再朝前方大喊，但已不見張大發的蹤影了。

「發哥你在哪裡，快出來啊！發哥！不要丟下我一個人，發哥！」

「發哥！」

凌晨四點，聖軒從夢中驚醒，方才詭異的夢讓他感到匪夷所思。

他想著夢中張大發的背影，有種冷漠、淒涼的感覺。

「這是什麼怪夢？」他半睡半醒間問著自己，不久後又進入了夢鄉。

＊

隔天晚上，張大發並沒有出現在球場，教練說他也沒有請假，也許又被突如其來的會議給纏住了。

但是，第二天、第三天、第四天，他還是沒有出現，也沒向教練請假，讓大夥覺得很奇怪。原本每晚都會出現的張大發，竟在這種非常時期不見蹤影，就算想說服他參加全國大賽也沒有辦法。

更誇張的是，打電話到他的手機，竟然都是轉到語音信箱。無論是教練還是聖軒他們，沒有一個人知道他的行蹤，讓聖軒又氣又苦惱。

「啊！我知道了。」在眾人毫無頭緒的時候，欣珮突然大叫。

正在喝水的嘉燦被她這麼一叫突然嗆到，立刻把水吐出來。

「咳咳咳……妳在做什麼，那麼大聲！」嘉燦有點氣惱的說。

欣珮拉著嘉燦和聖軒的衣袖說：「找瑋婷啊！」

「誰是瑋婷？」嘉燦邊說邊用衛生紙將噴在衣服的水擦乾。

「吼！啊就張大發的祕書啊！」欣珮不耐煩的說。

嘉燦恍然大悟的說：「對，還有她可以問，不然明天早上我跟公司請假，我們一起去發哥的公司問看看。」

「好啊好啊！」欣珮熱切的表示。

「聖軒，那你可以嗎？」

此刻的聖軒，不知道為何，腦袋裡一直浮現那個夢中張大發的背影，既淒涼又落寞，想著想著心裡越來越害怕。

「你就跟我們去，再直接過來球場就好了啊！」嘉燦說。

「哎呀！我不知道啦！」聖軒惱怒的說，然後拄著枴杖，走向司令台的方向，每當他感到沉悶時，都會坐在上面，俯瞰整個操場讓心情平靜。

嘉燦和欣珮看他好像不想被打擾的樣子，決定讓他自己先靜一靜，晚點再和他討論張大發的話題。對於張大發的憑空消失，聖軒很不能接受。

「只是個候補球員而已，又不一定會輪到他上場。」

「就算不想參加比賽，也不至於不來練習吧？」

「還是我講了什麼讓他不高興？」

「那我得馬上跟他道歉啊！但是他人到底在哪？」

聖軒在心裡問了自己許多問題，就是想不出張大發突然缺席，且又讓大家找不到他的原因到底是什麼。

「聖軒。」這個聲音是王立雯的。

「立雯教練……」聖軒看著她，眼淚已經快要奪眶而出。

王立雯連忙以最快的速度，一跛一跛的拄著枴杖上樓梯，走上司令台，坐在聖軒的旁邊。

「會不會是我做錯什麼了？怎麼辦？」

「還是他出事了嗎？為什麼都不肯跟我聯絡？」聖軒再也忍不住了，眼淚一滴一滴的掉下來。

「我……我做了一個夢，有種他會離開我們的感覺……說不上來……」他掩起雙頰，繼續哭泣。

王立雯沉默不語，只是在旁邊靜靜的安慰著他。司令台上，除了聖軒斷斷續續的啜泣外，還有周圍樹上的蟬鳴，象徵正值盛夏。

聖軒漸漸停止哭泣，用手擦擦眼淚不好意思的說：「真是丟臉。」

「沒什麼好丟臉的，擔心朋友是正常的。」王立雯說。

聖軒兩眼無神，只是默默的看著遠方正在打球的同伴，然後說：「我記得剛開始我非常討厭他。」

「我知道，你竟然還敢跟他打架。」

「哈哈！我也不懂當時怎麼了。」

「可是你們現在卻變得那麼要好，很奇妙不是嗎？」王立雯微笑著說。

「的確。」聖軒回答。

王立雯拍一拍鞋子上的灰塵，又說：「我想，他一定是有什麼事不方便跟我們說，絕對不是故意要消失的。」

王立雯深呼吸，接著說：「所以聖軒，我們一定要相信他，不要往壞處想，知道嗎？」

聖軒看著王立雯那炯炯有神的眼睛，打從心裡佩服她。王立雯的個子小小的，說話卻很大聲、發球很有力、又非常有義氣。教練曾經說過，輪椅網球球隊可以走到今天，要是沒有王立雯在旁邊的支持，他好幾次都要放棄了。

「立雯教練，謝謝。」他露出微笑，表達謝意。

王立雯捏捏他的耳朵說：「小朋友，別想太多了，快去打球吧！」

「啊！好痛。」突然其來的痛覺，讓聖軒大叫了一聲。

「明天早上，一起去發哥公司看看吧！」王立雯在聖軒臨走前說。

「好。」聖軒回應。

看到聖軒爬下司令台，王嘉燦馬上跑過去幫忙他。

聖軒看到他快速跑步的樣子，便對他說：「平常看你都在輪椅上，都忘記你還可以走路了。」

「喂！我好心過來幫你，你還這樣！」

「嗨！立雯教練。」嘉燦對坐在司令台上的王立雯打招呼。

「嘉燦，好好陪聖軒打一場吧！這是他現在最需要的。」王立雯故意大聲的對嘉燦說。

「那有什麼問題。」嘉燦微笑，露出那排整齊又潔白的牙齒。

12
尋尋覓覓

「什麼！」

「妳說妳也不知道他在哪裡？」說話的是目瞪口呆的王立雯。

「真的很抱歉……我本來今天也想去找你們問問看知不知道老闆的下落的。」林瑋婷無辜的說。

「這沒有道理啊！他怎麼可能連公司都不來？」王立雯莫可奈何的表示。

「妳最後一次看到他是什麼時候？」聖軒開口，問了瑋婷。

「最後一次嗎……」她下意識的抓了抓頭髮，然後說：「應該是上個星期六的晚上吧！」

聖軒回想當時的情況，正是張大發拒絕加入全國大賽球員的那天。

「那他對妳說什了什麼？」

「有沒有其他奇怪的地方，跟平常不太一樣？」聖軒連忙追問。

瑋婷思索了好一會兒，聖軒、嘉燦、立雯教練都緊張的看著她。

「啊！有了！」她的眼睛突然一亮。

「老闆說，他可能會出差個兩三天。」瑋婷說。

「兩三天，現在都已經一個禮拜了耶！小姐！」嘉燦明白的表現出本來帶著期望，卻又馬上落空的樣子。

「我還沒說完啦！」

她斜眼看了一下嘉燦。

「以前他要出差前，不管幾天，一定都會告訴我時間、地點，還有什麼時候會回來，以免其他公司的客戶找不到他。」

她深呼一口氣，繼續說：「可是這次，他卻只說要出差，並沒有告訴我詳細的內容。」

「那妳怎麼不問？」嘉燦又再次表現出無力的樣子。

「我還沒說完……欸！你這個人怎麼那麼急躁啊！」瑋婷有些沒耐性的回答。

「好啦好啦！對不起。拜託妳接著說下去。」嘉燦急忙向她賠不是。

瑋婷翻了翻白眼，又說：「我當時問了他，那何時會回來呢？在哪裡開會？」

「可是他只回了一句：『不確定』。」

聖軒和嘉燦正要開口時，瑋婷緊接著說：「我當然馬上問他，那該怎麼回應那些客戶呢！結果他馬上叫我閉嘴，我也就沒再繼續追問了。」

「誰知道董事長會消失那麼多天，早知這樣，當初我應該要死命把他拉住。」

「客戶每天打電話來問，我們也都快急死了。」瑋婷無奈的說。

聖軒看到眼前的情況，心中的擔憂又更增加了。立雯教練和嘉燦兩人也面面相覷，大家都不知道下一步該怎麼做。

「總之，他如果回來我會馬上通知你們的！」瑋婷看到他們擔心的神情，便這麼說道。

「謝謝。那就麻煩妳了！」三人向林瑋婷道謝後，就離開張大發的辦公室。

一出辦公室，嘉燦的手機響了。

「喂！怎麼了？」

「什麼，妳說佳容說……好好好！我們馬上回去。」嘉燦將電話掛上。

「誰啊？」聖軒疑惑的問。

「欣珮啦！」

「她說，佳容助理有提到，張大發的媽媽現在在她當志工的療養院裡，聽其他的老人說，前幾天有看到發哥，或許我們可以去問問看。」嘉燦對於又找到一個或許可以聯繫到張大發的方法，開心的樣子全都寫在臉上。

「發哥的母親……」聖軒在心裡思考著。

印象中，張大發不太喜歡提起他的家人，每次聖軒問，他都會藉故轉移話題，或是直接表示他不想要說這些。隱隱約約記得，張大發曾經說過自己的父親是個不好的人，全都靠母親一人栽培他長大，他才有今天這麼了不起的成就，只是大家都不知道，原來他的母親現在還在安養院裡。有了這個新的線索，大家馬上又打起來精神，打算先回到協會，問問佳容情況是怎麼樣。

三人急急忙忙的回輪椅網球協會的辦公室。其實，這裡是陳嘉全與王立雯家的頂樓，他們用鐵皮屋加蓋，簡單準備了一個小辦公室，佳容正在裡面整理東西，欣珮則坐在旁邊和他們揮手。

「快點來、快點！」欣珮支撐起身體，站起來催著他們。

「江大小姐妳也行行好！」

「我跟立雯教練兩個用枴杖爬了好幾層的樓梯，現在很喘，可以讓我們慢慢走嗎？」聖軒說。

「妳讓嘉燦趕緊跑到妳身邊不就好了。」王立雯笑說。

欣珮臉頓時紅了起來，趕緊說：「別鬧了，現在不是開玩笑的時候！」

眾人全部坐定位後，佳容立刻放下手邊的工作，走過來對大家說自己所知道的一切。

「每個星期一、三、五，我都會不固定的到一些安養院、療養院當志工，照顧那些被社會或家庭遺忘的老人，在他們所剩不多的日子裡，帶給他們些微的溫暖。」

「上個星期三，我到了郊區的一間安養院，那裡的環境、設施，都比一般安養院來得優質、衛生，許多有錢的大老闆沒時間照顧父母，都會把他們安置在那裡，請專門的護理師來協助他們的生活起居。」佳容鉅細靡遺的說。

「然後呢？」聖軒趕緊追問。

「早上，我一到安養院時，就被一個氣質高雅的婦人吸引住了。雖然她的面容已經十分蒼老了，但是舉手投足之間，還是可以感受到她散發出與眾不同的氣息。」

「當時她坐在輪椅上正在跟旁邊另一位看起來較年長的老人說話。」佳容回憶著。

「我兒子啊！太優秀了，現在是空軍的上校，管理好幾百個人，看他穿上那身制服，多神氣啊！」老人露出所剩不多的牙齒，笑咪咪的對高貴的婦人說。

婦人對於他的誇傲，並不放在心上，冷冷的回應：「這有什麼嗎？」

老人見她不在乎的樣子，立刻大聲的說：「妳那是什麼態度！看不起我兒子嗎？」

「我只為我的兒子驕傲。」婦人平淡的說。

「好啊！這麼厲害，那倒是說說看啊！妳兒子厲害在哪？」老人不屑的露出輕蔑的表情。

不過，婦人並不放在心上，她說：「我兒子啊！是全世界最孝順的人。」

「雖然老天爺在他出生沒多久後，狠心的奪走他的雙腳，但他還是腳踏實地的做人，很用功讀書喔！」這回，換那位婦人表現出驕傲的樣子。

「讀書？我看妳也老大不小了，妳是在說妳孫子吧！」老人懷疑的說。

「我是說我兒子，我家阿發真的很認真，改天他來我再介紹給你認識。」婦人趕緊解釋。

老人摸摸鼻子說：「唉！講了老半天，原來這個女的是個神經病啊！」

說完，老人推著輪椅離開了。

「我是從那個婦人口中的『阿發』，還有小時候就不能走路的事情推斷，或許他的兒子就是發哥。」佳容詳細的敘述，讓大夥們都陷入了沉思。

「後來呢？」王立雯開口問。

「之後，我向院長詢問，那婦人的確是發哥的母親。」

在大家還來不及問發哥的去處時，佳容趕緊說下去：「可是，他的母親在好幾年前就罹患了老人痴呆症，始終認為自己的兒子現在還是個高中生，想要從她口中問出發哥的去向，我看是不太可能。」

「怎麼會……」聖軒失望的說。

「不過，院長說了一件事，我覺得很奇怪。」佳容再次說話，大家又連忙將頭

轉向她。

「他說，發哥每個星期一晚上都會固定去看他母親。」

「就在前天晚上，發哥在安養院裡說了很奇怪的話。」佳容嚴肅的說，她看著每張擔心的表情，嘆了口氣。

「院長表示，發哥先是塞了好大一筆錢給他，那個費用是將近一年的看護費。」

「而且，千交代萬交代院長，一定要好好照顧他的母親。如果生活費不夠的話，請他去找他一個朋友，那個朋友可以幫他處理一切。」

黃佳容說完後，大夥們陷入了一陣沉默。

「怎麼都沒聽妳說？」立雯問著佳容。

「這幾天我剛好有事沒來帶大家練球，所以也不曉得發哥失蹤的事。是剛才聽欣珮說，才想到有這件事，真是不好意思。」佳容有點慚愧的說。

這一刻，每個人都心知肚明，張大發一定是發生了什麼事情。

「走吧！」聖軒站起來，對大家說。

「去哪？」欣珮問。

「就算我知道問不出什麼，但我還是要去找發哥的媽媽，跟她說說話。」聖軒堅定的說。

「可是……這樣好嗎？」嘉燦不確定的問。

「就走吧！我們不都是發哥的朋友嗎？」這時，王立雯也站起來了。

「現在可以嗎？」聖軒問。

「馬上就出發。」立雯堅定的回應。

*

安養院座落在郊區旁的一座山腰上，此處空氣清新、環境優良，安養院內的設備又新又衛生，每天都可以從蟲鳴鳥叫的聲音中醒來，故取名為「自然」安養院。

大約下午三點，聖軒一行人浩浩蕩蕩的來到這裡找尋張大發的母親，據佳容的說法，這個時間剛好是休息時間，所有安養院的病人都會由護士帶出來走走、散散心。

「發哥的媽媽會在哪裡啊？」聖軒思索著。

「我們直接去找院長好了！」王立雯提議。

「也是，我帶你們去。」說完，領隊的黃佳容，便帶領大家一同前往院長的辦公室。

自然安養院的院長，貌似年齡跟張大發差不多，身材有些微胖、外加禿頭，身高不是很高，但待人十分親切、和藹可親，看起來有點像漫畫裡「老夫子」的朋友大番薯。

「佳容啊！今天怎麼帶這麼多人來啊？」他一邊問，一邊用眼神掃視著在場的每一個人。

「我們是來找發哥的媽媽的。」佳容說。

「喔喔喔！這樣啊！不過我不知道她突然看到你們一群人會不會嚇到呢！」院長有些煩惱的說。

聖軒見院長似乎不太願意的樣子，便馬上說：「院長，求求你，讓我們跟她說一下話就好了。」

「我們很希望能夠從她的話中，找到一些關於發哥下落的蛛絲馬跡。」王立雯也附和著。

院長無奈的點點頭說：「好吧！只能一下下。」

於是，他帶著大家到安養院外的空地，那裡種滿了許多花花草草，他遠遠指著一個婦人，正用手摘著地面上的小花。

「您很喜歡花對不對？」經驗豐富的佳容，首先過去說話。

張大發的母親抬頭看看她，對她說：「妳是我們阿發的女朋友嗎？快過來我旁邊坐下。」

一旁的聖軒、嘉燦、欣珮還有立雯，也就莫名其妙變成張大發的同學跟老師。

「這個阿發，也不跟我說你們要來，害我沒時間準備。」她嘟著嘴生氣的說，還一邊將地上的雜草拔起，欣珮偷偷告訴聖軒，她應該是以為自己正在煮飯。

「張媽媽，妳知道發哥……喔不，阿發什麼時候會來呢？」聖軒努力的融入發哥母親的世界。

「他可忙的呢！一會兒出現，一會兒消失。」

「今天他爸爸不會回來，不然我倒希望他不要回家比較好。」她有些膽怯的

說。

「為什麼不能回家？」換欣珮問。

「我們家那口子，脾氣不太好，喝了酒就會打阿發跟我，我們阿發常常被他打到全身都是烏青，擦藥擦好久都不會好呢！」張大發母親無意間說出來的話，令眾人感到突如其來的傷悲。

「好在阿發很努力，很用功讀書，還說以後要賺大錢給我過好生活唷！」她笑咪咪的，明顯露出兩眼的魚尾紋。

「你們看，他還打工給我買了一把木梳呢！」她從口袋拿出一把看起來舊舊的梳子，然後開始梳起她的頭髮來。

這時，院長走過來關心情況。

「張媽媽，一切都還好嗎？」院長溫柔的問。

「警察！不要過來，不要帶走我家阿發！」她突然情緒激動的說。

「我是院長，不是警察。」院長趕緊解釋。

「你走開！上次阿發跟你說完話就沒回來了，你把他帶去哪裡了？」

「快把他還給我！」

「快點！」她又發瘋似的說了幾句話，然後開始大哭大叫。

「阿發他，不會走路，快點讓他回家。」她一把鼻涕一把眼淚的痛哭，讓眾人不知道如何是好，院長在無計可施之下，便請護士給她打鎮定劑，然後帶她回房間休息。

此刻，沉默遍布，大家都不知道該說什麼。

院長還警告他們說：「以後不許這麼多人來了，你們不懂她以前受的傷害有多大，這樣會讓我很困擾。知道嗎？佳容。」

「真的很不好意思。」佳容鞠躬道歉。

當他們正想默默的離開時，卻突然看見陳嘉全從另一頭出現。

「教練，你……」

「老公……」

聖軒和王立雯，紛紛驚訝得說不出話來。

「現在什麼都別說，我等等跟你們解釋。」陳嘉全淡淡的回答。

13
藏在心裡的祕密

靜悄悄。

網球協會辦公室裡的空氣，似乎凝結了，連一根針掉到地上的聲音都聽得見。

「你什麼時候知道的？」王立雯率先打破沉默。

陳嘉全拿下眼鏡，用袖子擦一下眼角快要流下來的眼淚。

「他剛進球隊不久後，我就知道了。」

王立雯情緒有點失控的拍一下桌子，大吼：「那你為什麼不告訴我們？」

「我答應過他，不會說的。」陳嘉全難過的回答。

欣珮和佳容紛紛傳出啜泣聲，眼淚像打開的水龍頭一樣，一發不可收拾。

「教練，你應該早點告訴我們的，這……太突然了！」嘉燦不知所措的表示。

張大發突如其來的消失，衝擊了每個人的心，大家完全不知道該如何是好。

聖軒傻住了，回想剛剛教練說的話，裡頭有太多的疑點，教練說的絕對不是真的。

「別開玩笑了，發哥只是出差而已，他很快就回來。」

「教練，這個玩笑不好笑喔！不可以亂說耶！」

聖軒扶著桌子站了起來。

「今晚雖然休息，我們還是去練習吧！」

「這算什麼？」

「你們說說看啊！這到底算什麼？」知道事情經過的聖軒，一時無法克制情緒的大吼大叫。

「他就這樣走了，那我們呢？」

「捨不得離開就不見我們嗎？就連道別的機會都不留給我們嗎？」聖軒跌落在地上，嚎啕大哭，他終於知道失去知心好友的那種痛，就好像有一百根針同時刺在他的心上。

「聖軒，你先冷靜一下……」

佳容蹲下來，想將他扶起。

他奮力的推開佳容，大喊：「走開，你們全部都走開，不要管我！」

欣珮哭到臉上的妝容都糊掉了，一把鼻涕一把眼淚的依偎在嘉燦的肩膀上。

「發哥……他還剩多少時間，我們一定要去跟他說再見。」

「他怎麼可以……默默的離開……」欣珮一邊啜泣一邊說，完全忘記自己平常愛漂亮的樣子。

嘉燦輕輕的撫摸她的頭，不發一語的落淚。

大夥們哭成一團，拒絕去相信這個殘酷的事實。

「教練，院長為什麼要騙我們？」聖軒抬起頭，滿是淚水的問。

「他都讓我們去找他母親了，怎麼不乾脆告訴我們發哥也在那裡呢？」嘉燦憤憤不平的說。

「是發哥的意思，對吧？」王立雯用雙手擦拭掉臉上的淚水，鎮定的說。

陳嘉全點點頭。

這時，陳嘉全的手機響起，他緩緩的接了起來，才剛應答不久，滿上露出了悲傷的神情，然後跌坐在地上。

「是誰，是發哥嗎？」聖軒滿懷期待的問。

「他一定是告訴教練，今天會去練習，快點，我們趕快去球場！」

「說不定他已經在那裡等我們了。」他故意逃避現實的說。

陳嘉全傷心的看著他說：「聖軒，已經來不及了。」

「什麼來不及？」聖軒假裝若無其事的問。

「剛剛，發哥走了。」陳嘉全努力忍住淚水回答。

*

「我還有多少時間？」張大發冷靜的問醫生。

「最多半年。」醫生說。

「為什麼？」

「張老闆，您工作壓力大，又長期應酬，菸酒不離身，這樣您的肝怎麼受得了呢？」

醫生無奈的表示，又繼續說：「去年我就已經警告過您了，要多運動、不要熬夜、少碰菸酒，為什麼您就是不肯聽我說的話呢？」

「你……真的……」

頭髮花白的醫生，不知不覺流出了眼淚。

「沒關係，我還有半年，不是嗎？」

張大發拍拍老醫生的肩膀。

這個醫生，從張大發變成大老闆後，就是他的家庭醫生。

兩人雖然年紀有些差距，有時候還會一起去戶外走走，十幾年來，他是張大發唯一的朋友。

「怎麼會變成你安慰我呢？」醫生趕緊抹去臉上的淚水。

「人生在世，總有要離開的一天。」張大發平淡的說。

老醫生看著他如此平靜的樣子，便問：「你母親呢？她要怎麼辦？」

張大發看著他，從口袋拿出一個信封，裡面裝了一大筆錢，他將信封塞到醫生的手中說：「你是我唯一的朋友，也是我唯一能信任的人。」

他知道張大發的來日已經不多了，那種「你一定會好起來的」、「你還是有希望」、「幸運之神會眷顧你的」這種謊言，他實在說不出口，肝癌到了末期，可說是已經無藥可醫了，做再多的化療、吃再多的藥物，只會造成身體的負擔罷了。

「我知道了。」

醫生收下錢，對張大發點點頭。

「我辛苦了大半輩子，在剩下的時間裡，總算有機會可以去做自己想做的事情了。」張大發微笑著對醫生說。

「你想做什麼呢？」

「打網球。」

「是你說那個很煩的網球協會嗎？」

「是的。」

「怎麼會？你上個月不是還在跟我抱怨他們有多囉嗦？」老醫生有點不敢相信的說。

張大發聳聳肩說：「因為我遇見了一個男孩，一個十五歲的男孩。」

隔天，張大發便打了通電話給陳嘉全說：「我可以加入你們，可是我有一個條件。」

陳嘉全欣喜的說：「只要你加入，我什麼條件都可以答應你。」

「我，只剩下半年的生命。」

「這……別開玩笑了，張老闆……」

陳嘉全在電話的另一頭目瞪口呆。

「條件是，你要為我保守祕密，誰都不能說。」

「你說了，我馬上退出。」張大發嚴肅正經的說。

陳嘉全沉默許久，謹慎的問道：「真的……治不好？」

「真的。」張大發篤定的回答。

「為什麼這樣還願意加入？」

「我想用剩下的時間，活出自己！」

幾句簡單的問答，不需要過多的言語，這是兩個男人的約定。

「我答應你。」陳嘉全哽咽的說。

「謝謝你。」張大發也由衷的感謝。

於是張大發加入輪椅網球的團隊，在這段時間裡和大家一起打球、比賽，體會到團體的重要性，也對每個人關心他的人感動在心。

漸漸的，他打開內心與大家交朋友，但隨著死亡越來越接近，他突然害怕了起來。

他沒有辦法想像要和他們道別的樣子，聖軒哭到聲嘶力竭、嘉燦氣憤的大吼大叫、欣珮、佳容哭腫的雙眼，只要想到大家為他流淚，他就沒有勇氣再面對他們。即使他的球技有明顯的進步，但是他的身體卻每況愈下，所有徵兆慢慢的出現。

就在陳嘉全宣布要他參加全國賽當候補球員的那一天，他在洗臉時突然咳出了血，胸口無比的沉悶，呼吸都覺得困難，幸好這時陳嘉全剛好也到洗手間來，拿出他口袋中的藥，讓他吞了下去。

當他的身體穩定下來之後，他虛弱的對陳嘉全說道：「我，恐怕撐不到那個時候。」

「哪個時候？」陳嘉全明知故問。

「你知道的。」張大發不以為意的回答。

陳嘉全默默的掉下眼淚，難過的說：「我應該怎麼跟他們說？還有聖軒，那個把你當好朋友的孩子。」

「這你不要煩惱，我來處理吧！」說完，張大發推著輪椅離開了洗手間。

如同陳嘉全想的一樣，張大發以「教練偏袒發哥」的說法欺騙了大家，也欺騙了自己。

他不去相信是自己球打得好，而是陳嘉全可憐他，才讓他參與全國大賽，只有這樣，他才可以毫無顧忌的去過他所剩不多的時間。

那一晚離開之前，他打包了簡單的行李，打了電話給瑋婷，告訴她要離開一陣子，有事就請總經理幫忙；給了傭人莉莎一筆錢，要她回故鄉好好照顧家人、好好生活，然後他就前往了安養院，陪著母親準備度過餘生。

「不准告訴其他人，也不准帶他們來看我，特別是聖軒……見了他們，我會捨不得離開這個世界，請讓我安安詳詳的走吧！」這是張大發住進安養院後，傳給陳嘉全的簡訊。

陳嘉全雖然內心也很痛苦，卻也了解張大發的心情，才替他保守這個祕密到現在。

＊

回到家後，聖軒把自己關在房間裡，無論爸爸、媽媽、阿公怎麼叫，他就是不願意出來。

聖軒鎖上門、關起燈、縮在牆角。

小時候在學校被其他同學嘲笑後，他最喜歡這麼做，彷彿全世界就只剩下他和黑暗，再也沒有人找得到他，嘲笑他沒有腳這件事。

「怎麼都不來練習，我的最佳拍檔跑哪去了？」他索性拿起手機，打出一封有去無回的簡訊。

一切都來得太突然，怎麼才剛知道真相，張大發就走了。沒能好好的道別，讓聖軒無法接受，也成為他心中的一大遺憾。

「阿軒啊！甲奔啦！」

阿公在外頭不停的呼喚。

他不打算回應，此時此刻，他只想安安靜靜的一個人。

他轉頭望向窗外，皎潔的月光照映進來。

這時，他看見書桌上有一封信，隱隱約約的從光線中浮現。

「誰啊？」

聖軒抱著既期待又怕受傷害的心情爬過去，信封上寫著方方正正的「聖軒」兩個字，當下他就知道這是張大發寫的，他立刻將信打開來。

嘿！小夥子：

當你看到這封信的時候，我已經離你們很遠很遠了。我知道你絕對會怪我，為什麼不肯將實情告訴你們，真的很抱歉。

和你們相處，時間總是過得特別快，大家一起為了同一件事情努力，原來是那麼快樂的一件事，我竟然到了即將走到生命的盡頭才領悟。

以前我總習慣一個人，努力工作、賺錢，為的就是讓那個視我為糞土的父親瞧得起我，結果個性變得越來越驕傲自大，沒有人喜歡跟我在一起。同時我也害怕旁人的眼光，我擔心他們會看不起一個「跛腳」的人，所以漸漸將心封閉起來，傲慢的對待他人。

當你在我面前毫無顧忌的脫下義肢後，我才驚覺：「其實我什麼都不用怕！我也是個平常人。」於是我加入了你們，認識大家，也與陳教練定下約定，別怪他，他是一個很講義氣的人。

請原諒我沒有那個勇氣和你們說再見，因為只要一見到你們，我就會捨不得離開。這時我又會變為從前那個怨天尤人，抱怨老天爺對我不夠好的張大發了。

這一點心願，就成全我吧！好嗎？

謝謝老天爺，讓我在生命的最後遇見了你。因為你，讓我這段日子過得多采多姿，生命沒有任何遺憾了。

不能在你身邊親自為你打氣，就跟你先說聲加油囉！全國大賽可要好好表現，讓我這個最佳拍檔在天上好好看你們表演，把那個目中無人的蘇啟仁解決掉吧！

還有，一定要堅持住自己的夢想，不要放棄，我相信就算我不在了，你還是可以做得很好。

個性記得別太急躁，講話要經過大腦，知道嗎？

願你心想事成。

發哥

聖軒靜靜的將信緊緊握在手中，久久不能自已，他淚流滿面的想起和張大發相處的點點滴滴，都還是歷歷在目。

「發哥……你怎麼可以這樣……那我要怎麼辦……」他一邊哭一邊輕聲的對著空氣說話。

然後，他將信摺好，準備放回信封時，這才發現裡面還有一個東西。是個平安符，後面貼了一個小字條：「帶在身上吧！就像我在你身邊一樣。」

短短的幾個字，讓他頓時心如刀割。

原來，這就是最純真、最誠摯的友誼。

14
找回自己

一個星期過去了，輪椅網球的每一個人都在為張大發的過世哀悼。眼見著全國大賽近在眼前了，陳嘉全也不得不採取「非常時期」的手段來強迫大家打起精神。

邁向全國大賽 勇者無敵之魔鬼訓練團
參加對象：北區輪椅網球隊的所有隊員皆可報名。（有參加全國大賽的選手一定要參加）
參加人數：不限
目標：奪得全國大賽冠軍，邁向國手之路
時間：每週一至週五晚上七點到十點；週六、週日上午十一點到晚上六點

他臨時做出了一張大海報，貼在協會辦公室門口以及平常練習的休息室，也就是聖軒母校的體育器材室門口。希望能提醒大家，時間還是在走，不可以因為張大

發的離開，就墮落、放棄。

而張大發的告別式，剛好定在全國大賽的下一週，陳嘉全正好可以用「拿著冠軍獎盃送給發哥」這個好方法，來讓大家提起精神，好好練習追進度。

「聖軒，可以過來跟教練打一場嗎？」陳嘉全滑向正在大樹下發呆的聖軒旁，以命令的口吻說。

「嗯！」

聖軒漫不經心的起身，用雙手滑動輪椅，往球場的方向前進。

正當陳嘉全準備滑動輪椅時，後頭傳來了王立雯的聲音：「不要對他太嚴苛，他現在心情很難受。」

「我會適可而止，但我還是希望他能夠趕快清醒過來，看清事實。」陳嘉全說完後，便快速的滑動輪椅，到聖軒的對面。

聖軒坐在輪椅上，準備發球過去給陳嘉全，突然間，教練的臉漸漸變得清晰，然後轉變成張大發的臉。

「發哥！」聖軒不由自主的喊出聲來。

「十五比零！」

「發球失敗！」陳嘉全在對面大喊。

聖軒這才回過神來。

「打起精神來啊！劉聖軒，快點回來，找回你原本的樣子！」場外的嘉燦忽然大叫了起來。

「你現在這個樣子，絕對不是發哥想看到的。」欣珮也補上一句。

大家的每一句話都傳進了聖軒的耳朵裡，他何嘗不想好好的打一場球，他也知道全國大賽已經快到了。

可是發哥偏偏選在這個重要的時間離開了他們，他好難接受、好難相信這是事實。

「你憑什麼丟下我們自己走！」

「你出來，講清楚啊！」

聖軒一邊大叫一邊奮力的將陳嘉全的球打回去。

是一記漂亮的迴旋球。

「十五比十五！」陳嘉全自己計算著分數。

這場和陳嘉全的練習比賽，完全可以說是聖軒發洩的管道，將連日來的壓抑、不滿、悲傷，在這一瞬間全部爆發出來。

聖軒不知道最後到底是誰贏了比賽，只知道自己哭得聲嘶力竭，眼淚和鼻水和成一團，球來了就打，根本沒有特別去想什麼，練習結束後，他累得呆坐在原地。

原本嘉燦他們想要過去安慰他，但卻被教練阻止了。

「讓他自己冷靜一下吧！」

陳嘉全伸出手，擋住正在走過去的嘉燦。

「希望他會沒事。」欣珮擔憂的看著聖軒。

「他會想通的。」陳嘉全輕聲的說。

「對了，教練。」嘉燦對著轉身而去的教練背後說。

「嗯？」陳嘉全回過頭。

「休息室門口那張海報，是真的嗎？」

他用手指一指休息室的方向。

陳嘉全對他笑了笑，然後便離開了。

不用多說什麼，大家都知道，海報上寫的那些練習時間，明天起開始生效。

＊

「睡什麼！快點起來了！」

「還在磨蹭什麼，光陰寶貴！」

聖軒緩緩的睜開眼睛，發現自己正躺在一片陽光普照的草原上，溫暖的微風輕撫他的臉頰，他揉揉雙眼，左顧右盼找尋聲音的來源。

「不管你了，我先到前面等你。」

這個聲音聽起來很熟悉，但聖軒一時想不起來聲音的主人是誰，他拿起放在一旁的枴杖，隨著聲音往前去。

「李茂！」

「原來是你，你講話怎麼變得那麼粗魯啊！害我一時認不出是你耶！」聖軒驚訝的表示。

李茂露出不屑的笑容說：「就有人畢業後都不聯絡啊！」

聖軒啞口無言。

的確，畢業後他就沒有再主動聯絡過李茂，通常都是他打電話來找自己。

「不要廢話那麼多了！」

李茂說完，拿起放在石頭旁的包包，拿出一顆網球，又不知道從哪裡變出了兩支球拍。

「跟我打一場吧！」李茂以命令的口吻說。

「什麼？你何時開始打網球？」聖軒目瞪口呆的問。

「不要廢話那麼多啦！快啊！」李茂催促著。

聖軒在心裡自問：「現在這是什麼情形啊？」

「可是，我沒有輪椅要怎麼跟你打？」

聖軒指一指自己的雙腳。

李茂不耐煩的跳腳大吼：「沒問題的，快點站過去！」

「喔……」

聖軒帶著滿腹的疑惑站到李茂的對面。

「嘿！看我的。」

當李茂發球過來時，一剎那間聖軒瞥見張大發的影子，甚至連李茂的面容也逐漸變成張大發。

「發哥！你沒死！」聖軒興奮的大叫。

「我在這裡過得很好，怎麼會死？」他說。

「你幹嘛偽裝成李茂的樣子，我還在想他怎麼怪怪的，語氣變得那麼囂張，這分明是你才會說的話！」聖軒毫不留情的說。

張大發聳聳肩說：「我是要提醒你，要跟真正關心你的朋友保持聯絡。」

兩人一邊聊天一邊打球，奇怪的是，即使沒有輪椅，他們還是健步如飛，就跟正常的人沒兩樣。

聖軒心裡有種似曾相似的感覺，卻又說不上來。

「對了，這裡是哪裡啊？」

「還有，你什麼時候學會『易容術』？」

聖軒總算問出了重點。

「哈哈哈哈哈哈哈！」

「這裡是天堂，我的新家啊！」張大發發出了一貫的爽朗笑聲說。

「天堂？為什麼我會在這？」

「該不會我也死了吧！」聖軒緊張的問。

「你瘋了嗎？想太多！」

張大發將掉落在地面的球撿起來。

「我只是要告訴你，我在這裡過得很好，你不用為我擔心。」說完，張大發將手中的那顆網球，拿給聖軒。

「不久後，我的母親就會來跟我團聚了，我也不會再孤單了。」聖軒感覺到他的眉頭向下彎，露出淺淺的一笑。

「好啦！你該回去了！」

聖軒還來不及問問題，只見周圍突然一片漆黑，隱隱約約還聽得見張大發的聲音：「加油，我會永遠在你身邊。」

「等一下，發哥！我還有好多話想跟你說。」聖軒吶喊。

「發哥！」聖軒大叫一聲。

窗外露出一絲絲的光線，象徵早晨即將到來。

聖軒發覺自己早已淚流滿面。

他深信這個夢，是張大發要幫助他振作起來的鼓勵，他撐起身來，告訴自己：

「我不能再這樣了。」

＊

所謂「魔鬼訓練」，就是除了睡覺之外，其餘的時間全都待在球場上。

全國大賽近在眼前，大夥們收拾悲傷的情緒，提起勁加緊練習。

**A組**

**陳嘉全**

**王嘉燦**

**江欣珮**

**陳品瑜**

**B組**
**王立雯**
**劉聖軒**
**吳敏智**
**李瑞奇**

分組已經出來，分別由教練和王立雯帶領，到時候會與其他隊伍交叉比賽，要累積起實力外，體力也是一個很大的考驗。

這些對聖軒他們來說都不算什麼，這個比賽不單單只是為了自己的未來，還有和在天堂的張大發的約定。

＊

終於，來到了比賽那一天。

「今天，我們一定要拿出最好的實力！」

「對幾位球員來說，如果贏了這場，未來就會變得不一樣，請大家全力以赴，好好加油！」上場前，陳嘉全以非常嚴肅的口氣，為大家打氣。

每個人在球衣右手的袖子上，都繡上了兩個「1」，因為一月一日是張大發的生日，用這樣的方式讓他可以以另外一種形式，陪著大家比賽。

女子組率先出場的是欣珮，對手則是一位與她年紀差不多的女子。

「她看起來應該沒有很厲害。」嘉燦對聖軒說。

「我相信欣珮一定沒問題的！」聖軒回應。

「我知道。」嘉燦有把握的說。

果不其然，對手只贏了兩局，欣珮就拿下六局獲勝，為第一場的賽事，種下一個好的開始。

男子組則是陳嘉全先出場應戰，發揮以往的實力，強勁有力的殺球讓對手無法招架，更以六比一狠狠的將對手打敗。

接下來上場的是聖軒。

當你越不想碰到誰時，卻總是會碰見他。

沒錯，聖軒的對手就是蘇啟仁。

「你不要在賽前又故意挑釁，你知道我可以去要求裁判讓你退賽。」陳嘉全在他們即將上場時，湊近蘇啟仁的耳朵旁邊說。

「唉唷！陳大教練，我哪敢啊？」

「說起來我今天能有今天，也是托您的福啦！」蘇啟仁邊說邊甩甩頭髮。

「你這什麼意思？」陳嘉全忍住怒氣問。

蘇啟仁冷冷的笑了一聲，然後說：「要不是您和立雯姐當初拼命挖掘我，我還沒機會知道我有那麼強的天份呢！」

陳嘉全氣得緊握拳頭說：「少說那些無意義的話！」

「放心吧！對這個小鬼我會手下留情的。」蘇啟仁說完，故意用輪椅撞了陳嘉全一下，害他跌倒在地。

場邊的嘉燦看到，差點氣到衝出去揍人，還好被其他隊友拉住。

當蘇啟仁頭也不回的離開時，後面傳來了陳嘉全的聲音：「我勸你，不要小看他！」

蘇啟仁被陳嘉全那嚴肅的表情嚇到了，短暫露出了驚恐的神情。

「我聽你在放屁。」他輕聲的說，揮散心中的擔憂。

經過了幾個星期的特訓，聖軒的球技比聯誼賽更進步了，讓蘇啟仁感到十分驚訝。

「難道，真的是我小看他了嗎？」

比賽經過了兩局，局數一比一平手。原本以為可以很快結束比賽的蘇啟仁，不禁開始緊張。

「發哥，這球是為你。」

「教練，這球是為你。」

「嘉燦，這球是為你。」

聖軒默念著，又送了蘇啟仁幾個殺球，得到第三局的勝利。

終於，蘇啟仁開始緊張了，沒想到這個小鬼頭，竟然變得那麼強，他已經快招架不住了。

他拼命的贏回一局，目前局數二比二，戰況陷入膠著。打了將近十五分鐘，球依舊沒有落地，誰也不讓誰。

「發哥，請你幫幫我。」

聖軒不小心大聲的脫口而出，反拍殺出了一顆迴旋球。

「撲通。」球掉落在地上。

「十五比零。」聖軒先馳得分。

蘇啟仁慌了，他沒想到這個小毛頭會帶給他那麼大的壓力，這場比賽關係著他能不能再度成為國手，他絕對不能輸。

「發哥，你在幫我加油對吧？」聖軒反覆的在心中與張大發對話。

「逼！」

「選手劉聖軒獲得勝利！」當裁判宣布聖軒贏得比賽時，他還不曉得比賽已經結束了。

「YA！太棒了！」

「做的好啊！」場外傳出北區球員陣陣的歡呼聲。

只見對面的蘇啟仁跌坐在地上，不論隊友怎麼去叫他，他都不肯起來，聖軒緩緩的滑著輪椅到他身旁。

蘇啟仁抬頭看著他問：「告訴我，你怎麼做到的？」

聖軒伸出右手食指，比了比自己的心說：「用這裡。」

15
潔白的天堂

「今天，就讓我們用最真誠的心意，送心目中最敬佩的張老闆最後一程。」台上的司儀看起來很年輕，用那種青澀卻又故作鎮定的口氣，說出一句句早就已經寫好的「草稿」。

告別式的場地，在張大發位於山中的別墅，在被層層山林圍繞住的白色洋房外的草地上，搭起了靈堂。

值得慶幸的是，這天太陽終於露臉了，掃去了冬天陰雨綿綿、灰濛濛的陰霾，周遭伴隨的清脆的鳥鳴，還有蝴蝶在旁翩翩起舞，在這裡感覺就是完全的被大自然包圍了。

「這裡，會不會太漂亮了？」

欣珮將眼睛瞪得大大的，環顧著四周。

「對象是發哥耶！這是理所當然的！」嘉燦回應。

一旁的聖軒，手上抱著他在全國大賽贏過蘇啟仁的那座獎盃，雖然在另一場的比賽輸掉了，但還是有男子中等組第二名的好成績，下學期開始，他就能進體育特殊班上課，開始他的國手培育課程了。

另外，嘉燦與欣珮也因為這次的表現優異，也即將進入國手之路；而陳嘉全教練和太太王立雯，儘管也在比賽中表現亮眼，但仍然堅持在和黃佳容一起努力，待在協會裡，幫助更多人找回自己。

一切似乎都朝著圓滿的路在走，每個人都即將啟程前往自己的康莊大道。

「你還好嗎？」

陳嘉全用手肘撞一下旁邊的聖軒。

聖軒微笑著說：「早沒事了，我現在是在害怕，等等上台太緊張會結巴。」

「哈哈哈哈哈！結巴就算了，可別緊張到尿褲子喔！」嘉燦故意虛張聲勢大聲的說。

「王嘉燦，你超沒品！」

聖軒揮起拳頭，用力的敲一下嘉燦的肩膀。

「好了好了，這不是一個適合開玩笑的場合。」

原本安靜不語的王立雯說話了，她戴著黑色的墨鏡，不用說也知道，她昨天肯定是哭了一整晚了。

「在這將近四十年的日子裡，張老闆從無到有、白手起家，這樣的精神將永遠深深的烙印在我們的腦海中……」

台上那司儀，又說出了許多制式化的「台詞」。

看了在場的其他人，雖都穿著黑色的衣服，卻不難看出那股從骨子裡發出來的「傲氣」，就和聖軒他們剛認識的張大發一樣，聖軒很懷疑，他們是抱著什麼樣的心態來參加這個告別式。

「現在，讓我們歡迎知名企業家吳大老闆來為我們說幾句話。」年輕的司儀總算結束他那冗長的演說。

嘉燦拿起手上的告別式流程表，對聖軒說：「要上台說話的人只有三個，你排在最後，還有點時間，趕快練習。」

「你不要鬧啦！」聖軒輕聲的說，然後送給嘉燦一個大大的白眼。

一個身材高大，西裝筆挺的中年男子上了台，聖軒正覺得他有些眼熟，就聽見眾人紛紛擾擾的聲音：「是吳俊育，知名的證券企業家！」

「原來又是個大老闆。」

「發哥，我用的是心，對吧？」

聖軒摸一摸張大發給他的護身符，並不以為意的在心中對自己說。

前兩個演講者，各花了不到五分鐘的時間，說完了手上的稿子，這時台上喚出了聖軒的名字：「張大發的摯友：劉聖軒，請上台。」

「摯友？」

「那個怪老頭還有朋友啊？」

「是誰想到這種騙人的把戲？」

聖軒邁開腳步，不顧周遭紛擾的耳語，拄著枴杖向前走。

他感覺到每個人的眼神，都在他的腳上停留，他站好定位後，對著麥克風說：

「沒錯，我跟發哥是一樣的人，跟你們一樣，是個一般人。」

台下的眾人不禁發出各種噓聲，司儀趕緊請大家保持安靜。

聖軒打開那張寫了又改、改了又寫的字條，開始唸出來：

頭一次見到發哥的時候，是在半年前的網球場上，他帶著他那副最囂張跋扈的神態，出現在我們的球隊，於是，當天我就和他打架了。

他感覺到許多人正在偷笑，這時他看到瑋婷的臉，對他點個頭，他便繼續唸下去。

「我們常常被一般人認為是「殘障者」，四肢不全、無法自主的人，社會大眾擅自將我們歸類，每次在外面都要飽受別人異樣、同情的眼光，可是你們知道嗎？我們生活其實樣樣都靠自己，甚至還可以打網球。」

說到這裡，聖軒舉起全國大賽的獎盃給台下的人看。

「我和發哥是球隊裡的夥伴，我們一起練習、聊天、吃零食，雖然他講話大聲又沒品，不過我卻一點一滴的開始欣賞起他的善良和幽默。加入球隊不久後，時他常自己一個人到球場練習，他曾經告訴我，要趁能動的時候趕快動，證明自己曾經存在過，我想，正是因為會出現今天這個場合而說的吧！」

他忍住淚水，繼續說下去：

「發哥之所以會用那麼不禮貌又大聲的語氣說話，其實都是為了掩飾自己的自卑。私底下，他是一個非常講究義氣，對朋友十分關心的好朋友，至於球技嘛！大概差我一點點而已！」

「能夠認識他，真的覺得很不可思議，而且我們還成為了好朋友，每天打打鬧鬧、鬥鬥嘴，他也說過這段日子，是他人生中最風平浪靜、最快樂的時候。這樣的他，你們看過嗎？你們認識嗎？你們知道他網球打得還不錯嗎？如果沒有，就不要以偏概全的為他扣上帽子，因為你們沒有看到真正的張大發。就讓他在這一天，以他最自然的姿態走吧！希望他在天堂可以過得很快樂，有雙腳可以好好的走路、過著無憂無慮的日子。」

說完後，聖軒將不小心掉出的兩滴眼淚快速擦掉，拄起枴杖離開了台上。他感受到四周有不少人正在看著他，但他不在意。

「說的真好！」陳嘉全對他比了個大姆指。

聖軒微笑以對，他抬頭看看天空，忽然覺得那朵大大的雲有點像一把網球拍，他將手伸向天空，假裝要去抓它。

「這是你做出來的對吧？」

「約定好，下輩子還要一起打網球唷！」他對著天空大喊，然後走向那群正在等他的朋友身邊。

培育文化 勵志學堂 49

# 輪椅上的網球手

作者　林羽穗
責任編輯　王成舫
美術編輯　蕭佩玲
封面設計　蕭佩玲

出版者　培育文化事業有限公司
信箱　yungjiuh@ms.45.hinet.net
地址　新北市汐止區大同路三段一九四號九樓之一
電話　（02）8647-3663
傳真　（02）8674-3660
劃撥帳號　18669219
CVS代理　美璟文化有限公司
TEL／(02)27239968
FAX／(02)27239668

總經銷：永續圖書有限公司
永續圖書線上購物網
www.foreverbooks.com.tw

法律顧問　方圓法律事務所　涂成樞律師
出版日期　2014年7月

國家圖書館出版品預行編目資料

輪椅上的網球手/林羽穗著. -- 初版.
-- 新北市：培育文化, 民103.07
面；　公分. -- (勵志學堂；49)
ISBN 978-986-5862-33-6(平裝)
859.6　103009476

※為保障您的權益，每一項資料請務必確實填寫，謝謝！

| | | | |
|---|---|---|---|
| 姓名 | | 性別 | □男　□女 |
| 生日 | 年　月　日 | 年齡 | |
| 住宅地址 | 郵遞區號□□□ | | |
| 行動電話 | | E-mail | |
| 學歷 | □國小　□國中　□高中、高職　□專科、大學以上　□其他＿＿＿ | | |
| 職業 | □學生　□軍　□公　□教　□工　□商　□金融業<br>□資訊業　□服務業　□傳播業　□出版業　□自由業　□其他＿＿＿ | | |

謝謝您購買 **輪椅上的網球手** 與我們一起分享讀完本書後的心得。務必留下您的基本資料及電子信箱，使用我們準備的免郵回函寄回，我們每月將抽出一百名回函讀者，寄出精美禮物以及享有生日當月購書優惠！想知道更多更即時的消息，歡迎加入"永續圖書粉絲團"

您也可以使用以下傳真電話或是掃描圖檔寄回本公司電子信箱，謝謝！

傳真電話：（02）8647-3660　　電子信箱：yungjiuh@ms45.hinet.net

●請針對下列各項目為本書打分數，由高至低5～1分。

| | 5 4 3 2 1 | | 5 4 3 2 1 |
|---|---|---|---|
| 1.內容題材 | □□□□□ | 2.編排設計 | □□□□□ |
| 3.封面設計 | □□□□□ | 4.文字品質 | □□□□□ |
| 5.圖片品質 | □□□□□ | 6.裝訂印刷 | □□□□□ |

●您購買此書的地點及店名＿＿＿＿＿＿＿＿

●您為何會購買本書？

□被文案吸引　□喜歡封面設計　□親友推薦　□喜歡作者

□網站介紹　□其他＿＿＿＿＿＿＿＿

●您認為什麼因素會影響您購買書籍的慾望？

□價格，並且合理定價是＿＿＿＿　□內容文字有足夠吸引力

□作者的知名度　□是否為暢銷書籍　□封面設計、插、漫畫

●請寫下您對編輯部的期望及建議：

廣 告 回 信
基隆郵局登記證
基隆廣字第200132號

2 2 1 - 0 3
新北市汐止區大同路三段194號9樓之1
FAX：（02）8647-3660
E-mail：yungjiuh@ms45.hinet.net

# 培育

文化事業有限公司

讀者專用回函

# 輪椅上的網球手

培養文化育智心靈的好選擇